D0779641

LA ZONE

STÉPHANIE HURTUBISE

LA ZONE

LES PORTEURS DU POUVOIR

ÉDITIONS
MICHEL
QUINTIN

Catalogage avant publication de Bibliothèque et Archives nationales du Québec et Bibliothèque et Archives Canada

Hurtubise, Stéphanie

La zone

Sommaire: t. 1. Les aventures d'Edwin Robi -- t. 2. La mission onirique -- t. 3. Les porteurs du pouvoir.

Pour les jeunes.

ISBN 978-2-89435-479-7 (v. 1)
ISBN 978-2-89435-480-3 (v. 2)
ISBN 978-2-89435-481-0 (v. 3)

I. Titre. II. Titre: Les aventures d'Edwin Robi. III. Titre: La mission onirique. IV. Titre: Les porteurs du pouvoir.

PS8615.U77Z42 2010   jC843'.6   C2010-941177-3
PS9615.U77Z42 2010

Illustrations de la page couverture et de la page 7: Boris Stoilov
Infographie: Marie-Ève Boisvert, Éd. Michel Quintin

 Le Conseil des Arts du Canada
The Canada Council for the Arts

 SODEC Québec

Patrimoine canadien   Canadian Heritage

La publication de cet ouvrage a été réalisée grâce au soutien financier du Conseil des Arts du Canada et de la SODEC.

De plus, les Éditions Michel Quintin reconnaissent l'aide financière du gouvernement du Canada par l'entremise du Fonds du livre du Canada pour leurs activités d'édition.

Gouvernement du Québec – Programme de crédit d'impôt pour l'édition de livres – Gestion SODEC

Tous droits de traduction et d'adaptation réservés pour tous les pays. Toute reproduction d'un extrait quelconque de ce livre, par procédé mécanique ou électronique, y compris la microreproduction, est strictement interdite sans l'autorisation écrite de l'éditeur.

ISBN 978-2-89435-481-0
Dépôt légal – Bibliothèque et Archives nationales du Québec, 2010
Dépôt légal – Bibliothèque et Archives Canada, 2010

© Copyright 2010

Éditions Michel Quintin
C.P. 340, Waterloo (Québec)
Canada J0E 2N0
Tél.:   450 539-3774
Téléc.: 450 539-4905
editionsmichelquintin.ca

1 0 - G A - 1

Imprimé au Canada

À Jean-Pierre, mon premier complice,
et à Nathalie, ma chère amie.

Pieds et poings liés, ligoté par la fatigue,
le dormeur coule enfin vers les
cavernes de l'inconnu.
Gabrielle Roy

Prologue

Edwin Robi traînait au lit. Ses bras pâles croisés derrière sa tête blanche, il avait rabaissé ses paupières sur ses iris roses pour repenser à ses dernières aventures. Sept jours des grandes vacances s'étaient écoulés. Quelle fantastique semaine, même si elle avait mal commencé! Car Edwin qui avait toujours choisi le contenu de ses songes et maîtrisé leur déroulement avait soudain perdu son emprise sur eux quand des rebelles du pays des rêves s'étaient mis à le pourchasser et à le terroriser.

Heureusement, tout s'était bien terminé avec leur arrestation, quelques heures plus tôt, une opération à laquelle il avait apporté son concours très positif. Il avait de quoi être fier de lui. En plus de retrouver un sommeil serein, il avait contribué à mettre un terme à l'épidémie de cauchemars qui faisait chaque nuit un grand nombre de victimes, et ce, partout sur la Terre.

Ces dernières nuits, Edwin avait effectué tant de merveilleuses découvertes! La plus surprenante avait été d'apprendre que la *Zone onirique* existait vraiment et que ses habitants, les *Oneiros*, veillaient au bon déroulement des songes. Il sourit en songeant à ses nouveaux amis, ceux avec qui il avait visité la capitale, *Zoneira*, et arrêté les *maldors* qui plongeaient les dormeurs dans des cauchemars. Il y avait Chape Doëgne, son ange gardien, la damoiselle Aix Nocturn, une compagne d'aventures à la fois charmante et déterminée, Peccadille Bagatelle, le ballon de plage multicolore et le chien Ardor Kerber, enjoué et facétieux.

La veille, Edwin, qui avait appris comment différencier les individus des quatre dynasties oneiras, avait transmis ses connaissances à Balthazar. Chez les Oneiros, les *éléons* étaient des humanoïdes à la chair normalement translucide qui se muaient en humains. Les *activinertiens* figuraient des objets qu'ils animaient, les *végimaux* représentaient des végétaux ou des animaux et les *sortilégeois* incarnaient des créatures fantastiques.

Ces êtres pouvaient se métamorphoser à leur guise, dans les limites imposées par leur dynastie respective, ce qui était bien pratique.

Une minorité d'Oneiros étaient des *aiguilleurs*; leur fonction consistait à aiguiller le trafic des esprits endormis, c'est-à-dire à les répartir dans les scènes où se déroulaient les rêves. La majorité, cependant, étaient des *acteurs* qui jouaient des rôles dans les songes. Chacun était fier de remplir ses fonctions auprès des rêveurs, sauf cinq, qui s'étaient révoltés dernièrement. Ces rebelles, qui se désignaient eux-mêmes comme les mal-dors, ne voulaient plus faire les pitres dans les rêves des humains. Ils avaient donc entre-pris de «semer le cauchemar», persuadés que les hommes trouveraient le moyen de ne plus venir hanter la Zone.

Edwin avait contrarié leur plan en s'em-parant du *gobeur* de cristal doré dont ils se servaient pour séquestrer les *sphérioles*, ces étoiles oniriques qui permettaient aux rêveurs de maîtriser leurs songes et d'en atté-nuer le côté désagréable. Mais les maldors l'avaient pourchassé; ils s'en étaient même pris à son ami Bou et à la petite sœur de ce dernier, Melchia. Ils les avaient harcelés et terrorisés sans cesse jusqu'à ce qu'Edwin se résigne à leur rendre le cube.

Dès lors, les astres s'étaient mis à disparaître et les cauchemars à se multiplier. Avec sa faculté de se rappeler ses rêves avec précision,

Edwin était probablement le seul à pouvoir reconnaître ses assaillants. Les dirigeants oniriques lui avaient donc demandé son aide pour les identifier. Car, bien que les Oneiros puissent modifier leur apparence à volonté, on pouvait les reconnaître grâce à leurs marques de naissances et à leurs cicatrices.

Hier, après avoir compris les particularités propres à chaque dynastie oneira, Bou avait aidé Edwin à dresser la liste des caractéristiques des cinq maldors. Et, cette nuit, son sommeil avait été marqué par tant d'événements qu'il lui tardait justement de revoir son ami pour tout lui raconter.

Il avait rapporté aux *sagesonges* et aux *gardiens-aiguilleurs* les signes distinctifs des maldors, ce qui avait permis d'identifier l'activinertienne Ilya Unmachin ainsi que la végimale Terribelle Angoisse, et d'orienter les soupçons sur quatre autres individus, trois sortilégeois dont l'un était gardien, ainsi qu'un éléon qui s'avéra le *doyen-aiguilleur*. Certains de ces êtres étaient bientôt devenus furtifs, de sorte que les *dynamappes* ne pouvaient les voir et les identifier. C'était bien là la preuve qu'il s'agissait de maldors.

Puisqu'ils pouvaient déjouer les détecteurs, il fallait les repérer *de visu*. Edwin qui savait les reconnaître s'était joint aux recherches, faisant équipe avec Aix, Ardor et Peccadille. On n'avait pas tardé à découvrir que le sortilégeois était nul autre que le gardien-aiguilleur Perfi Détorve. Quant aux deux derniers maldors, on se perdait en conjectures sur leur identité, mais on soupçonnait fort le grand-père d'Aix d'en être un, puisqu'il avait disparu des dyna-mappes. Choquée et incrédule, Aix en avait fait tout un plat.

Restait à arrêter tout ce beau monde. Mais on avait pu compter sur les pouvoirs surprenants du damoiseau Edwin et de la damoiselle Aix. Chacun d'eux s'était surpassé pour appréhender le premier, Ilya Unmachin, la seconde, Terribelle Angoisse. Aix avait même mis la main sur le gobe-sphérioles.

Pour récupérer l'objet qui leur donnait tant de pouvoir sur les rêveurs, les autres maldors s'étaient livrés à tour de rôle. Mais le cube de cristal avait finalement été détruit, ce qui avait réduit à néant les espoirs des traîtres qui avaient ensuite été conduits en *prisonge*. « Oui, la pandémie de cauchemars est bel et bien terminée, enfin ! » se disait Edwin

Sa porte s'ouvrit soudain. Une tête brune aux cheveux en pagaille surmontée d'une étoile de mèches blondes et drues se montra et le tira de sa rêverie. C'était son grand ami qui faisait irruption dans sa chambre, l'air fort préoccupé.

— Ouf! Tu ne dors plus! dit Balthazar Canier en entrant en coup de vent.

Bien que content de le retrouver, Edwin n'en était pas moins étonné. Non pas qu'il fût surprenant que son copain fît irruption chez lui. Ils passaient tant de temps l'un chez l'autre qu'ils étaient chez eux dans les deux maisons. Mais que Bou se soit levé de si bonne heure un dimanche, lui qui aimait tant paresser au lit, c'était plutôt inusité. Et, ce qui le stupéfiait davantage, ce qui l'inquiétait, même, c'était qu'il semblait affolé.

— Qu'est-ce qui se passe? demanda Edwin en bondissant hors du lit.

— Mon père a été attaqué par les maldors! répondit Balthazar.

Le cœur d'Edwin s'affola. «C'est impossible, puisqu'ils sont en prisonge!» se dit-il. Cette pensée le rassura illico. Il commanda à Bou de se calmer et lui demanda quand c'était arrivé. Il apprit que Gaspar Canier s'était réveillé en hurlant il y avait environ quinze minutes.

— Les maldors étaient déjà tous emprisonnés, dit Edwin. Ce ne sont pas eux.

— Papa vient pourtant de vivre la pire horreur…

— A-t-il vu une des cinq créatures que nous avons dépeintes?

— Je l'ignore.

— A-t-il été paralysé par une lumière orange?

— Il ne m'en a pas parlé… Mais, écoute, il n'y a pas que lui: un article paru sur la cyberpresse ce matin indique qu'une personne sur dix a encore été victime de l'épidémie de cauchemars ces vingt-quatre dernières heures… Presque la moitié de la population a été atteinte depuis quatre jours. Ça se poursuit, Eddie!

— Calme-toi! Tout est fini! Les maldors ont été arrêtés!

— Mais…

Edwin leva les mains et ferma ses yeux. Bou se tut. «Il doit y avoir une explication… songea l'albinos. Depuis jeudi, les cauchemars sont principalement dus aux *porches-brume* que les maldors ont aspergés d'essence de peur. Les dormeurs qui accèdent à la Zone onirique par une ouverture contaminée s'imprègnent de mauvaise humeur et plongent dans un mauvais rêve. L'effet du dernier épandage se fait toujours sentir et il ne sera complètement dissipé que demain.» Edwin expliqua ça à Bou, qui parut enfin rassuré.

— Il n'y a aucun risque que les maldors s'échappent? s'enquit-il.

— Les sagesonges disent qu'il est impossible de s'enfuir du centre de détention onirique. Les maldors resteront donc isolés dans leurs profondes fosses au moins un siècle.

— La pandémie est donc finie! Nom d'une restauration de système! Je suis si content!

— Il s'est passé tant de choses cette nuit! J'en ai beaucoup à te raconter!

— J'ai hâte de les entendre! Prépare-toi vite, je vais t'attendre en bas.

1

Le berger et la bête

Lucas Thomas cueillit une motte de terre avec sa crosse au manche allongé et la catapulta sur le postérieur de la brebis qui s'était éloignée. La fautive s'empressa de rejoindre les autres. Le jeune garçon était ravi de son premier emploi d'été qui lui laissait tout le loisir de rêvasser : il était gardien de moutons.

Dans la région accidentée de Midi-Pyrénées, il n'y avait nul besoin de cabane pour s'abriter du soleil, car les grottes étaient nombreuses. Celle qu'il avait choisie pouvait l'accueillir avec son chien et était assez élevée pour qu'il voie non seulement le pâturage, mais aussi les champs voisins, son village à flanc de montagne et la rivière qui serpentait au fond de la vallée.

— On est bien, ici, hein Chip !

L'animal couché à côté de lui grogna. Surpris, Lucas se tourna. Et il se figea. Cette bête n'était pas son copain! Là où somnolait le berger allemand quelques instants auparavant se trouvait un de ces affreux chiens sauvages qui décimaient les troupeaux. Lucas bondit sur ses pieds.

— Qu'as-tu fait à Chip, sale chien? Va-t'en! cria-t-il en fouettant l'air avec son bâton.

La bête avança vers lui en grognant de plus belle. Il déguerpit et dévala la pente en s'appuyant sur le manche de sa houlette. Arrivé en bas, Lucas hésita: «Si je me mêle au troupeau, peut-être attaquera-t-il une brebis? Ça me laisserait le temps de retourner au village…» Mais il se ravisa; il y avait deux champs à traverser qui ne lui offriraient aucune protection si le prédateur le pourchassait. Il regarda de tous les côtés à la recherche d'une cachette et découvrit un panneau de bois encastré dans la falaise, orné d'un heurtoir métallique cruciforme.

Il n'avait jamais vu cette porte et il se réjouit de cette trouvaille. En trois enjambées, il l'atteignit et poussa. Mais rien ne bougea. «C'est verrouillé!» songea-t-il en avisant le trou de la serrure à côté du heurtoir. Il se retourna vite et s'adossa à la porte. Le chien sauvage se rapprochait lentement. Lucas empoigna sa houlette à deux mains et prit une position de défense. Ce faisant, il heurta la croix de fer qui tomba à ses pieds. « Ça me fera une arme de plus… » Il la ramassa par la branche supérieure qui se terminait par une boucle, mais il remarqua alors la forme dentelée de la longue branche inférieure. Il comprit qu'il ne s'agissait pas d'un heurtoir, mais d'une clé ! De la clé !

Avec des gestes lents et sans lâcher la bête des yeux, Lucas inséra le panneton dans la serrure et tourna. La porte s'ouvrit. Il s'empressa d'entrer et de la refermer derrière lui. Au dehors s'éleva un hurlement à glacer le sang.

Depuis combien de temps était-il enfermé là ? Une minute ? Une heure ? Lucas Thomas, le jeune berger, l'ignorait. Lui qui détestait l'obscurité ! Mais au moins était-il à l'abri. Après le terrible hurlement, il n'avait plus rien entendu. Tous les sens aux aguets, il attendait que le calme à l'extérieur de la grotte ait suffisamment perduré pour qu'il ait le courage de sortir. Mais comment savoir si le chien sauvage ne l'attendait pas de l'autre côté dans un silence sournois ?

Des griffes raclèrent soudain le sol. Lucas se raidit davantage, le duvet de ses bras se dressa et son cou déjà couvert de sueurs froides se glaça. Car le bruit ne provenait pas du dehors mais de l'intérieur! Un claquement se fit entendre et des torches s'allumèrent.

Lucas vit avec horreur qu'il s'était jeté dans un abominable pétrin: une tête noire aux yeux luisants en amande, au museau allongé et aux grandes oreilles l'observait, mais ce n'était pas celle d'un chien sauvage. Et si c'était une tête d'apparence animale, ce n'était pas la tête d'un vrai animal. Devant lui se tenait une grande sculpture d'homme au corps rouge vêtu d'une toge, qui arborait une tête de chacal noir. La statue leva une main rigide, pointa un doigt raide sur Lucas et de sa tête dure émana une voix caverneuse:

— Rends-moi la croix Ânkh et le sceptre Ouas, profanateur!

Lucas était pétrifié d'effroi. En une enjambée, la créature fut devant lui. Elle lui prit brusquement la clé et lui enleva sa houlette, dont la base se fendit comme une patte de bouc, alors que la plaque concave fichée à son sommet se transformait en tête de chien. Le bâton de berger s'était mué en bâton de commandement. L'idole leva les deux symboles à bout de bras et s'exclama:

— Grâce à la clef d'éternité et au sceptre de puissance, j'établis la communication entre le monde des vivants et celui des défunts. Je suis le juge des disparus, le protecteur des tombes et le gardien des secrets. Je suis Anubis, le dieu de la mort!

La tête de chacal se pencha et lui susurra à l'oreille:

— Je te pardonne cependant ton manque de respect, jeune Thomas, et je vais même te faire l'honneur de t'accompagner dans l'au-delà. Il y a toutefois une petite formalité à accomplir au préalable: c'est qu'avant de renaître à la vie éternelle il faut d'abord… mourir!

Le garçon était secoué par de violents tremblements. La divinité pointa son sceptre vers lui. Mais, dans un ultime spasme de frayeur, Lucas disparut.

Ce fut seulement quand il se réveilla dans sa grotte et qu'il vit Chip assoupi, les moutons paisibles et le soleil à son zénith que Lucas Thomas comprit qu'il s'était endormi et qu'il avait rêvé. Il venait de faire le pire cauchemar de sa vie.

Après avoir pris le petit-déjeuner avec Cécile et s'être occupés de la vaisselle, les garçons saluèrent la grand-maman et sortirent se promener. Balthazar bombarda son ami de questions dès qu'ils furent sur le trottoir.

— Alors, dis-moi! Les caractéristiques que nous avions relevées chez les maldors ont-elles aidé les gentils Oneiros à les identifier? As-tu assisté à leur arrestation?

— Oh oui! J'en ai tellement à te raconter!

— Je t'écoute! lança Bou en frottant ses mains.

Edwin s'empressa de narrer les péripéties de cette dernière nuit. Il conclut en affirmant péremptoirement:

— Les cinq maldors sont enfermés et hors d'état de nuire!

— C'est peta-génial! s'exclama Balthazar.

— *Peta*? répéta Edwin en riant. C'est une nouvelle expression, ça?

— Oui. C'est la capacité du disque dur du nouveau serveur au labo de mon père: un *petaoctets*! Mille téraoctets! Un million de gigas! Mille millions de millions d'octets! Tu te rends compte?

Cette annonce qui aurait dû impressionner Edwin le rendit plutôt soucieux.

— Ils ont changé l'ordinateur central? Ne me dis pas que c'est à cause de notre intrusion...

Quatre jours plus tôt, Edwin et Bou avaient utilisé les appareils du laboratoire dirigé par monsieur Canier afin d'étudier le gobeur qu'Edwin avait involontairement rapporté de son rêve. Ils avaient ainsi découvert que le cube doré était constitué d'un cristal inconnu, qu'il était creux et muni d'une paroi coulissante. Et que l'intérieur puait abominablement. Mais, tandis qu'ils l'étudiaient, Phantamar qui avait inexplicablement suivi leur trace dans la réalité avait coupé l'électricité et détraqué les appareils.

Bou devint grave et hocha la tête.

— Après la panne, le serveur n'a jamais redémarré ; sa mémoire avait été supprimée, et même les partitions des disques durs ! Mon père était hors de lui. Heureusement que j'ai effacé toutes traces de notre passage et qu'il ne sait pas que nous y sommes allés !

— Ma mère-grand ! Toutes ces données perdues, c'est affreux ! Et un nouveau serveur coûte si cher… Oh ! je m'en veux !

— Calme-toi. Ils avaient les copies de sauvegarde et ils auraient pu se contenter de reformater le disque. Mais, tant qu'à tout réinitialiser, ils ont voulu faire une mise à niveau. Ce n'est cependant pas notre faute, Eddie ; le coupable, c'est Phantamar ! Et il ne faut pas regretter, si nous n'avions pas utilisé les ressources du laboratoire, nous n'aurions pas découvert que…

Edwin leva les mains et s'exclama :

— Oh non ! Tu ne vas pas encore me rebattre les oreilles avec ton *edbalium* !

— Mais non ! Je voulais juste dire que cela nous avait permis de savoir que le gobeur possédait une porte et que ses parois internes étaient enduites de sueur de peur.

Edwin admit qu'il avait raison. C'était grâce à ces découvertes qu'il avait eu l'idée d'ouvrir le gobeur dans la salle du conseil, heureux geste qui avait libéré toutes les sphérioles qu'il recelait. Dépités, Phantamar et Ilya Unmachin s'étaient rués sur le cube, qui était tombé et avait éclaté.

— Le gobe-sphériole est une perte totale. Les maldors croupissent dans de profonds *cachoneiros* et ils ne sortiront pas de prisonge de sitôt ! se réjouit Edwin. Phantamar et ses compères ne pourront plus faire de mal à personne, ni dans la Zone ni dans la réalité.

Les garçons allèrent se promener dans le Quartier Latin. Puisque les commerces étaient ouverts le dimanche, ils s'attendaient à trouver les rues bien animées, mais ils furent déçus. Comme c'était le cas depuis le début de la pandémie, l'affluence était faible et les rares passants semblaient épuisés et inquiets. Balthazar jeta un regard incertain à son ami qui le rassura.

— Les gens ont mal dormi à cause des relents d'essence de terreur qui empestent encore les porches-brume. Mais tout sera rentré dans l'ordre demain.

Plus loin, un homme attablé à la terrasse d'un café s'était endormi devant sa tasse toujours pleine. Comme ils le dépassaient, il se réveilla en criant :

— Éteignez cette lumière, par pitié, laissez-moi partir !

Bou lança un regard affolé à Edwin, qui le tranquillisa à nouveau.

— Il peut bien avoir rêvé qu'il était prisonnier d'une lumière sans qu'il s'agisse d'une attaque au *rayon-attractoir* ! Les journalistes ont tellement parlé de faisceaux paralysants ces derniers jours ! Toutes ces histoires finissent par marquer le subconscient des gens.

— Tu dois avoir raison…

Ils allèrent à la gare Centrale assister à l'arrivée et au départ de quelques trains. Ils mangèrent ensemble chez les Canier à midi, après quoi ils sortirent leurs patins à roulettes et musardèrent dans les rues tout l'après-midi.

— Je ne me coucherai pas tard, bredouilla Edwin en bâillant.

— Moi non plus, bafouilla Bou en l'imitant malgré lui.

— Je te souhaite de faire de beaux rêves !

— J'aimerais qu'ils soient aussi beaux que les tiens !

— Hé ! Quand je reverrai mes amis, aimerais-tu que je leur demande de te faire visiter la Zone ?

— Quelle question ! Tu sais bien que c'est mon rêve le plus cher ! C'est-à-dire le rêve que je veux faire… Enfin, je rêve de faire ce rêve… Ou plutôt…

— Suffit, j'ai compris ! Dans ce cas, je te dis : à cette nuit… Si c'est possible.

— À tout à l'heure, souffla Bou plein d'espoir, mais sans trop y croire.

2

La grande escapade

L'esprit d'Edwin plongea dans le sommeil, franchit un porche-brume pour atteindre le cosmos onirique et pénétra dans l'épaisse *glume* gélatineuse où un tourbillon l'aspira et l'expédia non pas dans son rêve, mais dans le *noyau* où habitaient les Oneiros. Il jaillit d'un arbre aux papillons et se retrouva dans un grand jardin, devant un chien fauve debout sur ses pattes arrière, un gros ballon de plage multicolore mal gonflé et une grande fille translucide à l'air grave. Il reconnut aussitôt les aiguilleurs Kerber et Bagatelle. Ils étaient devant le monument à la mémoire de l'inventeur disparu, de sorte qu'Edwin reconnut le parc de Bulle-Neige. Heureux de revoir aussi tôt ses amis aiguilleurs, il serra la patte d'Ardor et tapota le dessus de Peccadille, avant de tendre la main à l'éléone inconnue qui les accompagnait.

— Bonjour, damoiselle. Je m'appelle Edwin Robi.

— Tu ne me reconnais pas? s'étonna-t-elle.

Elle était presque aussi grande que lui et plus élancée qu'un mannequin de grand couturier; tout ce qui, de sa personne, dépassait de sa robe noire moulante, soit sa tête, ses bras et ses mollets, était diaphane et semblait constitué d'eau; elle avait de longs cheveux bouclés clairs comme des fils de nylon. Il ne se rappelait pas l'avoir vue. Il remarqua tout à coup que ses yeux étaient de couleur différente, l'un ambre, l'autre violet. «Aix a aussi les yeux vairons, se dit-il, mais ce n'est pas elle. Aix a un œil bleu et un œil vert, elle m'arrive à la poitrine, sa peau est basanée et ses cheveux sont courts, lisses et marron.»

— Est-ce qu'on se connaît? demanda-t-il.

— Je ne suis pas l'actrice Eskons Konay! Mais oui, nous nous connaissons. Très bien, même.

Elle rapetissa de deux têtes, son épiderme se bronza, ses cheveux brunirent et raccourcirent et ses iris devinrent marine et émeraude. C'était Aix Nocturn.

— Tu t'es déguisée pour me jouer un tour! pouffa Edwin.

— Il ne s'agit pas d'un jeu; j'ai toujours modifié mon apparence chaque jour, sauf hier pour ne pas te distraire.

Elle ajouta tristement:

— Et sache que je n'ai vraiment pas le cœur à jouer…

Edwin songea aussitôt à Soucougnan Nocturn qu'on soupçonnait de faire partie des maldors. Au moment de son réveil, les sagesonges n'avaient pas découvert l'identité de Phantamar et de l'Ombre Mauve, mais c'était sûrement maintenant chose faite. À voir l'air d'Aix, Edwin se douta du résultat.

— As-tu eu des nouvelles de ton grand-père? osa-t-il demander.

— Non… souffla-t-elle.

Elle plissa les yeux pour contenir ses larmes et ce faisant elle reprit son apparence de grande éléone translucide. Elle essaya de parler, mais sa gorge nouée par l'émotion n'émit aucun son.

— Notre doyen-aiguilleur est toujours furtif, expliqua Ardor, de même que Perfi Détorve, Terribelle Angoisse et Ilya Unmachin, mais…

— Vous ne savez donc pas qui sont les maldors éléons? l'interrompit Edwin.

— Non. Mais là n'est pas le pire…

Le chien rabattit ses oreilles en arrière et gémit:

— Eddie, les maldors se sont évadés!

Edwin qui ne s'attendait pas à une telle annonce ne réagit pas tout de suite. De longues secondes plus tard, quand son esprit saisit toutes les implications de cette nouvelle, il s'écria :

— Évadés ?

Il cria si fort qu'il effraya la lapine et son lapereau qui se prélassaient au-delà du jardin d'agrément, entre les plantations de carottes d'un potager.

— Évadés ? répéta-t-il, éberlué. Mais… les sagesonges disaient que c'était impossible !

— C'était vrai. D'autant plus que les maldors n'étaient pas dans des cellules ordinaires mais dans des *oublirêves* à sécurité maximale. Ils ont disparu quand tu as bondi de réveil et ils ont aussitôt recommencé à répandre la terreur. Aucun Oneiro ne s'était enfui de prisonge auparavant. Leur évasion est un mystère. Un mystère et un cauchemar !

— À qui le dis-tu…

— Nous devons vite les rattraper ! dit Aix en recouvrant aussitôt son sang-froid.

— À quoi bon, puisqu'il est impossible de les retenir ? répliqua Edwin.

— Tu ne voudrais pas que nous les laissions poursuivre leurs méfaits impunément ?

— Bien sûr que non ! Mais il faut trouver une autre façon de les neutraliser…

— Toi et moi sommes capable d'immobiliser chacun un maldor et Peccadille et Ardor peuvent en maîtriser un autre en unissant leurs forces ; trois, c'est déjà pas mal…

— Je ne souhaite pas passer le reste de mes nuits à tenir un rayon-attractoir braqué sur un prisonnier… qui s'échappera dès que je bondirai de réveil. Et qu'arrivera-t-il quand les deux autres rebelles surgiront et qu'il n'y aura personne pour leur tenir tête ? Non, ça ne va pas. Il faut trouver une meilleure solution.

— Tu as raison, dit une voix douce derrière eux. Mais avant toute chose, il est important que tu reprennes une sphériole et qu'on te fournisse l'équipement dont tu auras besoin.

C'était le gardien-aiguilleur d'Edwin.

— Bonjour sieur Doëgne, dit l'adolescent sans entrain.

— Garde confiance, jeune Robi, dit l'ange blond aux yeux turquoise et à la tunique mordorée. Celui qui persévère parvient à ses fins. Es-tu toujours disposé à nous aider ?

— Bien entendu !

— Parfait. Je suis justement ici pour veiller à ce que tu sois bien outillé dans ce sens.

Aix et les aiguilleurs savaient qu'il venait pour appeler une étoile, qu'Edwin devrait *intraférer* comme il l'avait fait l'avant-veille.

Ils reculèrent pour ne pas perturber sa concentration.

Les étoiles du pays des rêves ressemblaient à des bulles de savon, mais leur apparente fragilité était illusoire : elles étaient indestructibles et pleines de vitalité. Les Oneiros les appelaient précisément *sphères de puissance*. Sans elles, les Oneiros, qui tiraient leurs forces de l'imaginaire humain, auraient parfois éprouvé une sensation de faiblesse, car la fantaisie des rêveurs manquait quelquefois de dynamisme. L'éclat des astres était là pour combler la différence et leur assurer ainsi l'énergie nécessaire à la poursuite de leur mission.

Les sphérioles remplissaient un autre rôle tout aussi important : elles dotaient tout rêveur qui en absorbait une du pouvoir absolu sur ses pensées nocturnes, ce qui lui permettait entre autres de décider du contenu de son rêve et d'en maîtriser le déroulement. Les gardiens distribuaient donc des étoiles aux rêveurs empêtrés dans le cauchemar et, grâce à elles, ils chassaient leur stress. Si la quasi-totalité des humains oubliaient leurs songes en rouvrant les yeux, ceux qui avaient reçu une sphère de puissance se souvenaient de tout aussi clairement que s'il se fût agi de la réalité. Pour en posséder une, un rêveur devait l'absorber et l'enfouir dans son cœur, ou l'intraférer, comme le disaient les Oneiros.

— Prêt ? demanda l'ange à son protégé.

Edwin hocha la tête. Il devait se concentrer, focaliser son attention sur la sphère qui répondrait à l'appel et ne pas bouger, même un cil. Sérieux et immobile, il se demanda si celle qui viendrait serait aussi volumineuse que la première. Les plus petites avaient le rayon d'un grain de riz, alors que les plus fortes avaient le diamètre d'une grosse citrouille. Le sieur Doëgne fixa Edwin dans les yeux, cependant que le garçon chassait toute pensée de son esprit.

De longues minutes passèrent sans que rien ne se produise.

— C'est incompréhensible, murmura Chape Doëgne.

Le gardien abandonnait. Edwin en fut très déçu. « Dire que ça avait si bien fonctionné la première fois ! C'était trop beau pour durer... » Il se rappela les explications de son gardien et formula une hypothèse.

— Vous m'aviez dit que les premières tentatives aboutissaient rarement. Je dois avoir eu la chance du débutant, avant-hier, mais ça rate maintenant comme pour les autres rêveurs...

— Pour échouer, il faut essayer. Mais tu n'as rien pu tenter, aucune étoile n'est venue.

— Un rêveur doit être stressé, pour que son esprit attire une sphériole, hasarda Aix. Or, nous savons que notre ami n'est pas de nature nerveuse.

— Une étoile aurait néanmoins dû se présenter, quand bien même elle aurait été minuscule. C'est anormal. Te sens-tu bien, jeune Robi?

— Très bien, sieur Doëgne.

L'ange se retourna d'un battement d'ailes et dit:

— Allons trouver les sagesonges.

La Zone onirique était pourvue de voies de communication invisibles et instantanées qu'on appelait les *passonges*, dont le réseau changeait sans cesse de configuration pour s'adapter aux besoins des Oneiros et des rêveurs. Des artères étaient temporaires, d'autres permanentes, elles étaient immuables ou variables, tant dans leur destination que dans leur provenance. Celle du centre du *Secteur-Neige* était toujours là; ses origines étaient innombrables et son issue, variable.

Chape Doëgne et les acolytes sortirent du jardin botanique pour passer au potager que les deux lapins achevaient de dépouiller de ses carottes. Le gardien remonta l'allée où se trouvait le lapereau, lequel cessa de mâchouiller et, plutôt que de fuir, le fixa.

— L'esplanade de Zoneira, s'il te plaît, dit l'ange.

Le petit releva le menton pour laisser voir ostensiblement le grelot qui pendait à son collier et qui constituait la porte d'entrée du passonge. L'un après l'autre, les acolytes bondirent sur le lapin, mais aucun ne le toucha. Ils s'engouffrèrent dans sa breloque et disparurent.

Edwin et ses copains jaillirent de la fente à monnaie d'un parcmètre. Devant eux s'étendait la grande place publique au centre de laquelle s'élevait la tour du conseil, une immense construction de verre constituée d'une base cylindrique surmontée d'un dôme plus large. Là-haut, sous la coupole, siégeaient les sage-songes. À l'instar du passonge qui s'amorçait dans le grelot et à la différence des passonges ordinaires, le compteur de stationnement était un *arrêt-passonge* relié à plusieurs endroits. Son cadran, plutôt que d'indiquer le temps, affichait une liste de destinations. Chape Doëgne sélectionna l'antichambre de la salle du conseil et ils replongèrent dans la rainure.

Cette fois, ce fut la bouche d'une statue de marbre juchée sur un bassin de granit qui les recracha. Dès qu'ils furent passés, l'eau recommença à jaillir des lèvres marbrées pour se déverser dans la vasque. Le vestibule au riche décor comportait deux portails. Ils passèrent celui de bronze qui faisait face à la fontaine, arrivèrent sur le podium circulaire érigé au centre de la salle et descendirent sept marches pour atteindre le plancher de verre. Edwin qui n'avait découvert l'endroit que trois nuits plus tôt se retourna pour contempler les deux grandes portes cuivrées qui trônaient dans leur cadre sur l'estrade. Il était toujours fasciné par l'absence de murs autour du mince assemblage qui s'élevait telle une pièce de luxe exhibée dans une salle de montre. Rien ne permettait de deviner la présence du hall qui se cachait de l'autre côté.

La salle du conseil ressemblait à une gigantesque cloche à gâteau dont le sol clair était orné de dizaines de rosaces colorées. Aix, Edwin et les aiguilleurs cheminèrent à la file indienne derrière le gardien. Il faisait jour dehors, si bien que, pour la première fois, Edwin put embrasser du regard, depuis ce point d'observation exceptionnel, les bâtiments et les paysages de la capitale onirique.

Il admira les huttes sur pilotis de la chaude lagune aux dauphins, les igloos du terrain enneigé adjacent où habitaient des ours polaires, l'astronef au pied du volcan en éruption, le manoir entouré de douves et surmonté d'un arc-en-ciel, le gratte-ciel de bois au fond du canyon fleuri, les champs, les déserts, les jungles, les cimes verdoyantes, les faîtes glacés et les plans d'eau à perte de vue.

Ils atteignirent le bout de la salle où trônaient les dirigeants, qui les attendaient. Carus Philein, le *grand-sagesonge*, était un noble éléon six fois centenaire dont le corps affichait la transparence naturelle des gens de sa dynastie. Deux *vice-sagesonges* l'assistaient, Gentille Mambonne et Lavisée Sévira. La première incarnait une aimable tortue de mer et l'autre une autoritaire horloge de parquet.

— Bonne nuit, Edwin, et merci d'être revenu, dit le patriarche avec chaleur. Ne perdons pas de temps et prenez place.

Ce disant, il fit apparaître des sièges en nombre suffisant. Le silence retomba sur l'assemblée.

Les sourcils du vieillard se froncèrent, le front de la tortue se plissa et les aiguilles de l'horloge se courbèrent. Edwin comprit que son gardien les informait par télépathie qu'aucune sphériole n'avait voulu venir vers lui.

— Hum… Je n'ai été témoin de ce phénomène qu'une seule fois, dit Carus Philein. C'était au tout premier jour de ma carrière de gardien-aiguilleur. Fort nerveux, je m'étais trompé de secteur et j'avais abordé un rêveur que le gardien responsable de ce territoire avait déjà doté d'une étoile. J'avais donc eu beau appeler un astre, aucun n'était venu. Car les sphérioles savaient que l'individu n'avait pas besoin d'aide.

— Mais, bien qu'Edwin puisse naturellement maîtriser ses songes, il aura néanmoins besoin d'une étoile pour s'opposer aux rebelles! dit dame Mambonne.

— Bong! À moins que son rôle ne soit pas d'affronter les maldors, émit dame Sévira.

— Nous sommes si peu à pouvoir les contrer, c'est assurément son rôle! répliqua Aix.

— Hum, hum… fit le grand-sagesonge pour réclamer le silence.

Il scruta le ciel en se frottant le menton. Après un moment, il se tourna vers Edwin et murmura:

— Je me demande si le refus des étoiles de comparaître ne serait pas dû au fait que tu es déjà sphériolé…

— Dong! C'est impossible! Chape ne lui a pas remis d'étoile cette nuit!

— Nous ne sommes pas familiers avec les agissements des sphères de puissance en temps de crise. L'une s'est peut-être présentée à Edwin dès sa sortie de la glume?

— Et il l'aurait intraférée inconsciemment? s'étonna Aix.

— C'est ce que nous allons voir. Jeune Robi, voudrais-tu essayer de l'*extraférer*?

— Si vous y tenez…

«Mais je suis sûr de ne pas avoir de sphériole», se dit Edwin en son for intérieur.

— Je fais comment? interrogea-t-il.

— Inspire profondément et fixe tes pensées sur ton cœur avec l'idée d'expulser l'étoile, intervint Chape Doëgne.

Le garçon s'exécuta. Il doutait fort de voir jaillir un astre de sa poitrine.

— Pour y arriver, tu dois y mettre plus de volonté! dit une puissante voix de femme dans sa tête.

Il considéra les vice-sagesonges, mais aucune ne réagit.

— Qui me parle? demanda-t-il mentalement, passablement ébranlé.

— Tu m'entends? s'étonna la voix. Tu as donc la capacité de m'entendre, mais tu ne sens pas ma présence… Comme c'est étrange! Serais-tu insensible à l'énergie?

Edwin se troubla.

— Qui êtes-vous… et où êtes-vous ?

La voix confia à son esprit :

— Je m'appelle Æth. Je suis ta sphériole et je suis dans ton cœur.

Cette fois, le jeune homme était carrément soufflé.

— Comment ? J'ai déjà une sphériole, elle a un nom et elle peut me parler ?

— Bien entendu ! Ce n'est pas parce que je me suis réincarnée que j'ai perdu mon identité et que j'ai oublié comment m'exprimer. Mais nous, les étoiles, ne conversons qu'entre nous. C'est que personne ne peut nous entendre. Sauf toi. C'est là un don exceptionnel ! Mais garde ça pour toi, on te croira aliéné si tu dis que tu entends une voix dans ta tête…

— D'accord, dame Æth. Je ne parlerai pas de vous… Sauf à mon copain Balthazar. Mais il n'est pas de la Zone et il ne risque pas de me traiter de fou…

— Non ! l'interrompit la voix. N'en parle même pas à Bou, pas même dans la réalité. Il ne faut pas que cette information tombe dans des oreilles malveillantes.

— C'est bon, je ne dirai rien à personne.

— Bien. Alors, Edwin ? Qu'attends-tu pour m'extraférer ? Les autres sont impatients…

Edwin ouvrit les yeux et focalisa ses pensées sur l'astre enfoui en lui. Un éclair jaillit de son torse. Il chancela, mais son gardien le retint et il retrouva aussitôt son équilibre. Il sourit : une sphériole irisée flottait devant lui. Elle avait précisément la taille de la première qu'il avait intraférée, celle d'une énorme citrouille. Les acolytes applaudirent. Le gardien et les vice-sagesonges le fixèrent avec admiration, non sans une certaine expression de crainte, cependant. Quant à Carus Philein, il esquissa un sourire approbateur et dit :

— Les sphérioles savent qu'il n'y a pas de temps à perdre et je suppose que celle-ci a décidé d'offrir son assistance au jeune Robi sans qu'on ait à le lui demander.

Edwin fixa la bulle et demanda en pensée :

— C'est étrange que je n'aie rien senti quand je vous ai intraférée à mon arrivée ce soir, non ?

Aucune réponse ne vint. « Zut ! J'ai perdu le contact ! » se dit-il déçu.

— Tu ferais mieux de reprendre ta sphériole avant qu'elle ne parte, dit l'ange.

Edwin la réabsorba facilement.

— Æth ? s'empressa-t-il d'appeler intérieurement.

— Oui ? fit la voix féminine dans sa tête.

— Ouf ! J'ai cru que nous ne pouvions plus communiquer.

La sphériole lui souffla qu'elle avait entendu sa question, mais qu'il n'avait pas pu saisir sa réponse parce qu'elle était hors de lui. À sa stupéfaction, elle lui annonça qu'il ne l'avait pas intraférée en s'endormant ce soir, mais qu'elle était déjà en lui depuis l'avant-veille : elle avait été incapable de le quitter, les deux fois qu'il avait bondi de réveil.

— Pourquoi ? demanda Edwin.

— Je ne sais pas, il m'est impossible de sortir. Je suis prisonnière de ton esprit !

— Prisonnière ? s'étonna Edwin. J'en suis désolé !

— Il n'y a pas de souci à se faire, répliqua l'étoile. Ça m'a permis de faire d'agréables découvertes et j'ai ainsi compris pourquoi je me suis sentie à l'étroit en arrivant.

Edwin s'offusqua.

— Vous m'accusez d'étroitesse d'esprit !

Vexé, il arrêta de penser.

— Ne te fâche pas. Je sais que tu n'es ni borné ni intolérant. J'ai littéralement voulu dire que j'ai d'abord manqué d'espace.

Edwin se rappela que son étoile était la plus grosse que ses amis eussent jamais vue. Et lui était si maigre ! Ce n'était pas étonnant qu'elle se sente confinée. Elle poursuivit :

— Sache que je suis maintenant bien à l'aise chez toi.

— Est-ce que ça va, mon petit, demanda la tortue. Tu as un air absent.

Edwin se frotta les yeux. Ce faisant, il en profita pour dire à Æth :

— Je devrais leur avouer que je peux vous parler, sinon ils vont me prendre pour un abruti.

— Non, répliqua l'astre. Les Oneiros ne savent pas que les sphérioles peuvent communiquer et il vaut mieux, du moins pour l'instant, qu'ils continuent de l'ignorer. Ne mentionne jamais mon nom ! Jamais !

— Entendu, répondit le garçon.

— Je vais très bien, dit-il à voix haute. L'extraférage et l'intraférage m'avaient fatigué les yeux, mais je me porte maintenant à merveille.

— Excellent ! se réjouit Carus Philein. Ainsi, tu es prêt à recevoir ton équipement.

3

La musette de tréfonds-trucs

— J'ai rassemblé le matériel dont tu auras besoin, dit Gentille Mambonne à Edwin.

Elle rentra tête et pattes dans sa carapace. Des bruits désordonnés résonnèrent à l'intérieur. Rien qu'à entendre le remue-ménage, les autres devinèrent le bazar qui régnait dans son exosquelette.

— Bong! Alors, ça vient cette musette?

— Qu'est-ce qu'une musette? demanda Edwin à mi-voix au ballon.

— C'est une sacoche qui sert à transporter des instruments.

— Une sacoche? répéta Edwin.

Il s'imagina avec un sac à main comme une fille et il grimaça. La ricaneuse Peccadille vit sa drôle d'expression; elle pouffa et doubla de volume du coup. Edwin pensa alors aux instruments que la sacoche pourrait contenir. Il changea d'attitude, sourit et lui demanda s'il aurait aussi une dynamappe. Mais l'aiguilleuse, prise de fou rire, fut incapable de répondre.

— Dong! sonna durement l'horloge, ce qui fit se calmer et se dégonfler le ballon. La dynamappe est l'outil le plus utile qui soit; tu en auras donc une. Ainsi que plusieurs autres choses. Enfin, tu auras tout ça si ma consœur finit par retrouver ta musette! Bong!

— Hum, hum, fit le grand-sagesonge. As-tu besoin d'aide, Gentille?

— Non, ça va, je l'ai! annonça la tortue en réapparaissant.

Elle s'extirpa de son siège, marcha jusqu'à Edwin en se dandinant et allongea sa nageoire repliée vers lui. Tout heureux, il mit ses mains en coupe et les lui présenta. Elle y laissa tomber quelque chose d'aussi léger et de plus petit qu'un mouchoir.

— Jeune Robi, voici une *musette de tréfonds-trucs*. Elle contient tout ce dont tu auras besoin pour te débrouiller dans la Zone onirique.

Il s'agissait d'une bourse de cuir petite comme une poire et toute plate. Edwin la soupesa; elle ne pesait rien. Il la palpa; il ne sentit rien.

— Mais… Ce sachet est vide! Il est d'ailleurs si petit qu'on pourrait à peine y mettre un œuf. Est-ce une blague? Je croyais pourtant que le temps pressait…

L'ange, la tortue et leur chef sourirent avec compréhension, le ballon et le chien pouffèrent, Aix garda le silence, mais l'horloge fit entendre un tic-tac agacé.

— Bong! Si tu ouvrais ta musette plutôt que de t'arrêter à son apparence, tu verrais qu'elle a plein de choses à t'offrir. Dong!

Comme c'était le cas pour les anciens goussets destinés à contenir des pièces de monnaie, une fine corde faufilée sur le rebord fermait la pochette en plissant l'ouverture et une longue bande de cuir permettait de la porter en bandoulière. Sceptique, Edwin desserra le cordonnet. Il vit une petite lueur au fond du sachet.

Il introduisit le pouce et l'index et tenta de pincer l'objet brillant. Il ne trouva rien et poussa encore. La bordure du sac s'étira et ses trois autres doigts entrèrent. «Le contour est très élastique», s'étonna-t-il. Surpris de n'avoir toujours touché à rien, pas même au cuir du fond, il poussa davantage. Sa main s'enfonça en entier sans que la pochette ne s'allonge. Il poussa encore. À sa surprise, tout son avant-bras disparut dans la musette qui conserva sa taille de petite poire; seule l'ouverture s'était élargie pour s'ajuster au diamètre de son bras. Et Edwin n'avait toujours pas atteint le fond du sac!

Il toucha enfin quelque chose. Victorieux, il exhiba l'objet : une boule de verre de la taille d'une orange, semblable à celles qu'on agite pour faire tourbillonner de faux flocons de neige. Celle-ci, plutôt que d'enfermer un paysage miniature, contenait trois billes qui flottaient à l'intérieur.

— Voici une *montre-fuseaux*, dit dame Mambonne. C'est le modèle réduit de l'*horloge-fuseaux* qui sert à indiquer les zones de jour et de nuit sur terre. Il y a un bouton dessous qui permet de passer d'un format à l'autre.

Edwin scruta l'intérieur de la boule. Les billes représentaient en effet un soleil et une lune qui gravitaient en orbite autour d'un petit globe terrestre. Il poussa le commutateur et la balle se transforma en un ballon six fois plus gros, comme l'horloge de l'*observatoire* du sieur Doëgne. Il lui fit reprendre sa taille réduite.

— C'est fantastique ! Comment un si petit sac peut-il contenir cet objet sans qu'on devine sa présence ? Et comment mon bras a-t-il pu y entrer sans que le tissu s'allonge ?

La tortue expliqua que c'était dans la nature d'une musette de tréfonds-trucs de dissimuler les choses dans ses entrailles secrètes tout en demeurant légère et fluette.

— C'est pratique !

— Bong! Dépêche-toi de vider ton sac; il contient bien d'autres choses.

Edwin replongea le bras jusqu'à l'épaule et le ressortit cette fois avec une paire de lunettes dont les verres étaient opaques et bariolés de toutes les couleurs.

— Voici des *auranocles*, annonça Gentille. Ce sont des verres spéciaux qui permettent aux humains de voir le halo lumineux qui émane de chaque être vivant. On peut reconnaître la dynastie à laquelle appartient un individu à son *aura*.

— Vous n'en portez pas? demanda Edwin en les posant sur son nez.

— Nous n'en avons pas besoin, nous voyons naturellement les auras.

À travers ses auranocles, Edwin découvrit le halo scintillant qui enveloppait les Oneiros. Ils arboraient des auras multicolores dont la forme était différente pour chaque dynastie. Celle de l'ange explosait autour de lui comme de petits feux d'artifice de toutes les couleurs. Le halo du chien, comme celui de la tortue, clignotait comme une enseigne néon en changeant de teinte à chaque fois. Une douce lumière marbrée aux nuances de l'arc-en-ciel chatoyait autour d'Aix et du grand-sagesonge. Edwin observa son propre corps. Son émanation avait le même aspect marbré que celle des éléons, sauf qu'elle était unie et qu'elle se présentait comme un camaïeu doré de différents tons. Il se tourna vers l'horloge, puis vers Peccadille ; leur auréole irisée montait en spirale autour d'elles comme des enseignes de barbiers. Il regarda enfin les vrais objets, mais ne vit aucune lueur envelopper les trônes, les sièges ou le portail.

— Seuls les vivants possèdent une aura, expliqua dame Mambonne. Les nôtres sont toujours multicolores, tandis que les vôtres sont monochromes, mais changent de coloris en fonction de votre humeur.

— C'est très joli ! dit Edwin en entreprenant une nouvelle exploration de sa musette.

Il mit cette fois la main sur un éventail fermé. Il s'écria :

— Une dynamappe ! Ma mère-grand ! C'est ce que je désirais le plus !

Il sourit avec reconnaissance aux Oneiros, mais posa l'appareil sans le déployer, étant donné qu'il connaissait déjà son fonctionnement. Il savait que cela pouvait afficher tout ce qu'on cherchait, individu, lieu ou passonge, avec une clarté absolue. Enchanté, il sonda la bourse une fois de plus.

Il y dénicha encore un minuscule objet formé de trois graines rondes disposées en triangle, le tout pas plus gros qu'un petit pois.

La tortue annonça que c'était un *iniphone*. Il s'agissait d'un téléphone onirique destiné aux humains qui n'étaient pas télépathes. Quand un rêveur avalait l'accessoire, les trois boules s'en détachaient, l'une allait se placer contre le tympan, l'autre au milieu des cordes vocales et la dernière entre les hémisphères cérébraux, sous le cortex.

— Tu ne sentiras rien et c'est tout à fait inoffensif, l'assura dame Mambonne. Quand tu l'auras ingéré, tu n'auras qu'à penser à l'individu que tu veux appeler et, s'il est disposé à te parler, la liaison s'établira d'elle-même. La télécommunication dure tant que les interlocuteurs demeurent concentrés. Tu peux même faire une audioconférence avec plusieurs participants.

Edwin porta sans hésiter les perles à sa bouche. Son regard s'arrêta sur l'horloge et il se demanda s'il pourrait communiquer par la pensée avec cette chose.

— Bong! Quel impertinence! résonna la voix de la vice-sagesonge dans sa tête. Tu sauras que les activinertiens ne sont pas de stupides choses, mais qu'ils ont de l'esprit comme tout le monde!

Edwin sursauta.

— Pardon, dame Sévira, je ne voulais pas vous offenser, transmit-il. Ce n'était qu'une réflexion pour moi-même ; je ne savais pas que vous la percevriez.

La réplique télépathique fut brève :

— Pff ! Dong !

Edwin ferma les yeux pour se parler en privé. « Ça devient embêtant, si je ne peux plus réfléchir sans que mes pensées soient perceptibles par n'importe qui ! »

— Patience, lui souffla Æth. Tu vas vite apprendre à doser l'intensité de tes réflexions.

Il voulut faire un nouvel essai. Les yeux toujours clos, il se concentra sur Aix.

— M'entends-tu ? lui demanda-t-il mentalement.

— Oui, je te perçois très clairement, répondit la voix de l'éléone dans sa tête.

— Comment puis-je être sûr que c'est toi qui me réponds et non mon imagination ?

— Demande-moi de faire quelque chose.

Il lui demanda de se pincer l'oreille. Il ouvrit les yeux et la vit serrer son lobe. Ils se sourirent. Elle lui demanda de se frotter le bout du nez, ce qu'il s'empressa de faire. Ils s'esclaffèrent.

— Bong ! Je suis désolée d'interrompre cette passionnante conversation, mais tu n'as pas fini, damoiseau.

Edwin replongea la main dans la musette de tréfonds-trucs et tomba sur un objet cylindrique semblable à une lampe de poche. Il frissonna en reconnaissant l'instrument : c'était un rayon-attractoir, qui permettait de paralyser les individus, autant Oneiros que rêveurs, et de les mener où on le désirait. Les maldors l'utilisaient pour retenir leurs victimes prisonnières de leurs cauchemars. Edwin le retourna avec précautions entre ses mains ; il craignait de voir jaillir son faisceau orange.

— Ces armes sont dangereuses, dit-il. Ne vaudrait-il pas mieux les proscrire ?

— Bong ! Tu crois que les maldors respecteraient l'interdiction et abandonneraient les leurs ?

— Non, c'est vrai…

— Tu devras utiliser ton rayon-attractoir si tu rencontres un maldor, dit Carus Philein.

— Cet instrument ne devient dangereux que lorsqu'il se retrouve en de mauvaises mains, ajouta Gentille Mambonne.

Edwin reporta son attention sur le cylindre. S'il en avait utilisé un la veille pour retenir Ilya Unmachin, il l'avait manié d'instinct, sans vraiment connaître son fonctionnement. Il étudia l'objet. Comme une torche électrique, il était muni d'un bouton-poussoir et d'un gradateur.

— Est-ce que je peux l'allumer ?

Le sieur Philein hocha la tête. Edwin visa le sol et enfonça le bouton. La puissante lumière jaillit. Les maldors s'en étaient déjà servi contre lui et ça ne lui avait causé aucune douleur. Mais il ignorait ce qu'eux avaient ressenti quand il les avait capturés. Il était tenté de l'essayer, mais il voulut d'abord s'assurer que c'était inoffensif pour les Oneiros.

— Ouah! On ne sent absolument rien! répondit Ardor.

Edwin lui sourit malicieusement. Le chien devina ses pensées. Il glapit et partit au galop. Le rayon l'atteignit et l'immobilisa instantanément. Edwin dirigea le faisceau vers le haut et l'aiguilleur figé dans sa course s'éleva dans les airs. Edwin joua avec le gradateur et s'amusa à le déplacer comme un avion téléguidé.

— Sois gentil de ne pas me laisser tomber, lui transmit par télépathie le chien qui ne pouvait plus desserrer les mâchoires.

Edwin le ramena à son fauteuil et le libéra.

— Il reste une dernière chose, dit Gentille Mambonne.

Edwin tâtonna longuement dans son sac pour y dénicher enfin un petit flacon.

— Voilà des *larmes-scanâme*. On emploie cette potion pour lire les pensées d'autrui. Une seule goutte permet de connaître les réflexions que quelqu'un a eues au cours du dernier tour d'horloge-fuseaux. On s'en sert surtout pour éviter les longs récits ou les explications interminables.

— Si tu veux, nous allons l'essayer ensemble, offrit Chape Doëgne, pour t'en montrer le fonctionnement.

Le garçon établit un contact iniphonique avec lui.

— Comment ça fonctionne? demanda-t-il.

— Tu dois verser une goutte de cette décoction sur ta langue, puis boire à la même source qu'a bu la personne dont tu veux connaître les pensées.

Edwin dévissa le bouchon de la petite fiole. Il était muni d'un compte gouttes. Quand il pressa l'embout de caoutchouc, une larme couleur de miel se forma qu'il laissa tomber sur sa langue. Ça n'avait aucune saveur, mais il n'en fut pas étonné: rien n'avait de goût ni d'odeur dans la Zone onirique.

L'ange extirpa une gourde de sa tunique, y but une gorgée à même le goulot et la tendit à l'adolescent. Dès qu'il avala l'eau, Edwin sut tout ce qui avait traversé l'esprit de l'autre au cours des vingt-quatre dernières heures.

Cela commençait la nuit dernière quand Edwin s'était retrouvé devant l'assemblée des sagesonges et des gardiens-aiguilleurs. Il perçut la grande fraternité qui unissait Chape Doëgne à ses collègues et l'estime qu'il vouait à ses chefs. Les larmes-scanâme étaient rapides et efficaces et les pensées défilaient à toute vitesse. Edwin revécut la présentation des gardiens et se vit faire le rapport des signes distinctifs des maldors. Il assista à nouveau, en pensée cette fois, aux vives discussions qui s'étaient ensuivies et qui avaient mené à la mise en accusation des dames Angoisse et Unmachin, aussi bien qu'à la naissance des soupçons envers Perfi Détorve et Soucougnan Nocturn.

Edwin revécut le moment où l'on avait évoqué le doyen-aiguilleur. Il sentit à quel point le cœur de son gardien s'était empli d'admiration, de pitié et de tristesse. Et il comprit pourquoi en découvrant les grands malheurs qui avaient frappé la famille Nocturn et que l'ange ne pouvait pas s'empêcher d'évoquer chaque fois qu'il pensait au doyen. Ce fut aussi intense que bref.

Du temps qu'il était le plus jeune des gardiens-aiguilleurs, l'ingénieux Soucougnan Nocturn avait découvert comment localiser et bloquer l'entrée des *culs-de-strate*, ces passonges inachevés, sans issue et instables dans lesquels avaient disparu tant d'Oneiros. Avec Carus Philein, à l'époque gardien lui aussi, il avait entrepris de refermer les *impassonges*. Malgré leur grande différence d'âge, les deux s'étaient au fil des ans liés d'une profonde amitié. Mais quand Carus Philein avait été nommé vice-sagesonge il avait dû abandonner cette tâche. Lagarde, le fils de Soucougnan, et sa jeune épouse, Prudence, l'avaient remplacé. Deux décennies plus tard, le jeune couple qui se désespérait de ne pas avoir d'enfant avait eu la joie de voir arriver Aix. Prudence avait cessé ses dangereuses activités jusqu'à ce que la petite ait quatre ans. Ensuite, elle y était revenue.

Pendant son absence, l'atmosphère avait cependant bien changé au sein de l'équipe. À l'époque où Aix apprenait à courir, la sœur jumelle de Lagarde avait disparu, certainement dans un chemin sans issue. Soucougnan Nocturn avait redoublé d'ardeur dans ses recherches. Mais il n'avait jamais retrouvé sa fille et son caractère s'était aigri.

Un jour, Soucougnan, Lagarde et Prudence tentaient de cadenasser un cul-de-strate dont les parois ne cessaient de gronder, lorsque l'embouchure s'était effondrée. Le couple qui avait dépassé l'entrée avait été écrasé et Soucougnan qui se trouvait derrière s'était fait arracher la moitié du visage. Lui avait survécu. Mais les parents d'Aix avaient disparu sous les décombres.

En percevant la tristesse de son gardien, Edwin s'imagina celle d'Aix et de ses grands-parents et son cœur se gonfla douloureusement. Mais les souvenirs de Chape Doëgne qui continuaient de s'immiscer dans son esprit l'empêchaient de laisser libre cours à sa compassion.

Ce second drame avait eu raison de ce qu'il restait de jovial chez le sieur Nocturn, qui avait restreint son cercle de fréquentations à sa femme, à son ami Carus et à sa petite-fille. Il s'était jeté corps et âme dans le blocage des culs-de-strate. Seule Aix réussissait parfois à le faire sourire.

Quand Carus Philein était devenu grand-sagesonge, la population avait voté pour que le sieur Nocturn devienne vice-sagesonge aux côtés des dames Mambonne et Sévira. Mais Soucougnan avait refusé pour se consacrer entièrement à ses recherches. Le conseil lui avait donné le titre de doyen-aiguilleur et avait décrété qu'il pourrait devenir vice-sagesonge quand il s'en sentirait prêt.

Après tant d'acharnement, Soucougnan Nocturn était vraisemblablement venu à bout de verrouiller tous les impassonges, car nul n'en avait plus trouvé depuis cinq ans. L'éléon avait donc repris son travail de gardien. Retiré dans son observatoire où aucun aiguilleur n'avait le droit de mettre les pieds, pas même ses assistants, il s'occupait seul des opérations de Bulle-Ébène. À part son épouse, sa petite-fille et son ami Carus, il ne fréquentait plus personne.

Edwin continuait de s'approprier les souvenirs de son gardien. Il sentit que le sieur Doëgne s'était secoué pour chasser de son esprit ces tristes pensées et revenir à ce qui se déroulait dans la salle du conseil. Edwin revit l'arrestation de la citrouille Terribelle Angoisse, puis celle du vampire Perfi Détorve après quoi il revécut l'interrogatoire des maldors, la libération des sphérioles, la destruction du gobeur et l'emprisonnement des rebelles.

Il arriva ensuite aux pensées que l'ange avait eues après que lui se fût réveillé. Il perçut le grand trouble qui avait assailli le sieur Doëgne quand il avait appris l'évasion des maldors et la nervosité qui l'avait perturbé toute la journée. Puis il arriva au moment de son retour dans la Zone. Il sentit l'étonnement du gardien devant l'absence de réaction des sphérioles, après quoi il ressentit la fierté de Chape Doëgne à son égard quand il avait extraféré son étoile. Il en fut touché.

Les idées et les souvenirs circulaient si vite dans l'esprit d'Edwin que l'assimilation de toutes ces pensées lui prit moins d'une minute. Quand le partage prit fin sur la découverte du contenu de la musette de tréfonds-trucs, l'adolescent établit à nouveau la communication iniphonique.

— Tant de malheurs ont frappé la famille Nocturn ! C'est vraiment triste ! Et, comme si ce n'était pas assez, voilà que le doyen-aiguilleur se rebelle et qu'il dirige les maldors.

Chape Doëgne afficha une mine sévère.

— Rien ne dit que c'est lui le coupable ! Tant que nous n'aurons pas établi sa culpabilité, il demeure innocent.

— Vous croyez à son innocence ? s'étonna le garçon.

L'ange haussa ses épaules.

— Le temps nous apportera la vérité. Allons retrouver les autres.

Edwin rougit et déclara à voix haute :

— Sieur Doëgne, je vous remercie pour cette démonstration.

Il tendit la main pour lui remettre sa gourde, mais Chape Doëgne la refusa et la lui offrit.

Edwin plaqua une main sur son cœur, s'inclina devant chaque sagesonge, devant son gardien et devant chacun de ses acolytes, et dit avec émotion :

— Je vous remercie tous pour votre confiance et pour ces merveilleux instruments !

Il passa la courroie de sa musette de tréfonds-trucs en diagonale sur son épaule et tapota la légère bourse qui semblait vide, mais qu'il savait pleine de trésors. Il était ravi de son nouvel équipement, ainsi que de sa sphériole dont il sentait de plus en plus les effets énergisants.

— Merci à vous aussi, Æth !

— Et merci à toi pour tout ce que tu accompliras, répondit l'étoile dans sa tête.

4

Un nouvel acolyte

Les sagesonges mirent fin à la réunion.

— Je dois retourner à *Bulle-Unie*, dit Chape Doëgne. Edwin, je te laisse avec tes acolytes.

— Allons au parc réfléchir au moyen de coincer les maldors, dit Aix.

— Attendez un instant, s'il vous plaît, dit Edwin qui se rappela sa promesse à Bou. J'ai un bon copain qui aimerait aussi aider. Je vous assure qu'il…

— Dong! fit Lavisée Sévira sans le laisser terminer. Nous avons entendu parler du jeune Canier. Il possède une intelligence extra-ordinaire, mais il l'utilise parfois de façon irréfléchie…

— Allons, répliqua Gentille Mambonne. Malgré son petit penchant pour le badinage, je suis sûre que Balthazar sera un excellent compagnon pour les acolytes.

— J'accepte qu'il vous accompagne, dit Carus Philein. Mais, tant qu'il n'aura pas de sphériole, faites attention aux *strates* en cours d'enregistrement.

— Je vais le chercher, dit l'ange.

Talonnés par Ardor et Peccadille, les damoiseaux passèrent le portail du côté cuivré et entrèrent dans le luxueux vestibule. Edwin songea qu'il était déjà plusieurs fois arrivé par la fontaine en venant soit de Bulle-Unie, soit de l'esplanade, mais qu'il n'était jamais reparti par là, ce que manifestement ils s'apprêtaient à faire. Comme il ne vit rien qui pût servir de sélecteur de destination, il demanda :

— Comment faites-vous pour choisir où mènera cet arrêt-passonge ?

— Celui-ci est différent, dit Aix. Il recueille les passonges de diverses provenances. On pourrait dire que c'est un passonge collecteur. Mais sa sortie n'offre qu'une seule destination, le centre de Bulle-Neige.

— Tu parles du potager des lapins ?

— Oui. En fait, l'autre côté du passonge est la breloque au cou du jeune végimal. C'est la seule chose immuable là-bas, car l'être que tu as connu sous la forme d'un lapereau se métamorphose chaque jour et sa mère modifie leur habitat pour le coordonner à son apparence.

Ardor s'apprêtait à sauter sur la statue, quand la voix d'Æth s'éleva dans l'esprit d'Edwin.

— Passe d'abord par l'autre portail.

— L'argenté ? D'accord.

Il contourna la vasque.

— Venez par ici, dit-il quand il atteignit le double battant qui se trouvait derrière la fontaine.

— Non ! lancèrent les autres lorsqu'il appuya les mains sur les portes d'argent.

Edwin recula aussitôt. Mais Æth insista :

— Vas-y !

Il avança à nouveau.

— C'est interdit, Edwin, arrête ! lança Aix.

Sa voix était chargée de crainte. Devant l'air épouvanté de ses compagnons, Edwin baissa les bras.

— Je ne peux pas leur désobéir, s'excusa-t-il mentalement.

Son étoile répondit par un soupir déçu. Ardor bondit et disparut dans la bouche de la statue, alors qu'Aix regardait toujours Edwin avec un air suppliant.

— Excusez-moi, Æth. Je sais que je devrais vous écouter, mais je suis incapable de décevoir mes amis.

Aucune réplique ne vint. Il se sentit misérable. Aix le pria de la suivre. Il chassa sa mauvaise conscience et plongea avec elle.

Les acolytes laissèrent les lapins et filèrent entre deux rangs de carottes en direction du jardin d'agrément. Ils n'avaient parcouru que quelques mètres quand on les héla. Le sieur Doëgne venait d'émerger du grelot. Un garçon l'accompagnait. L'air incertain et désorienté, il fixait le lapereau en se grattant la tête. Edwin se réjouit :

— Bou ! Je suis si heureux que tu sois là !

Balthazar le regarda avec effarement, mais l'ange l'encouragea à avancer.

— Tu n'as rien à craindre, dit Edwin, ces gens sont mes amis. Bienvenue au centre de la Zone !

— La Zone ? répéta l'autre.

— Oui ; la Zone onirique ! Le pays des rêves ! J'espère que tu t'en souviens.

Edwin n'eut pas besoin de procéder à des présentations formelles. Bou considéra en silence la fille translucide, le ballon qui bougeait tout seul, le chien debout sur deux pattes et le grand homme ailé. Une étincelle jaillit dans son regard et il s'exclama :

— Une éléone, une activinertienne, un végimal et un sortilégeois. Oui! Vous êtes donc Aix Nocturn, Peccadille Bagatelle, Ardor Kerber et Chape Doëgne! Je suis ravi de vous rencontrer! Et, sieur Doëgne, je vous remercie de m'avoir amené dans votre monde.

— Bon! dit Aix en applaudissant. Il est temps de se pencher sur le problème. Tu veux nous aider, Chape?

— Naturellement. Que puis-je faire?

— Euh, je ne sais pas… Nous devons en fait planifier ce que nous allons faire. As-tu une idée?

— Hum. J'imagine qu'il est important que vous amélioriez votre force de frappe. Balthazar est justement ici pour grossir vos rangs. Ce que je peux faire, c'est de le munir d'une sphériole.

— Je vais avoir une étoile! se réjouit Bou.

— Ne crie pas victoire trop vite, répliqua Aix; tu ne l'as pas encore.

— Il est effectivement difficile d'intraférer une sphère de puissance, précisa l'ange, et il faut généralement plusieurs tentatives avant de réussir. Nous allons faire un premier essai.

Balthazar jeta un regard admiratif à Edwin en espérant faire aussi bien que lui. L'ange lui fit face et les autres l'entourèrent pour le supporter moralement.

— L'étoile qui te convient le mieux va venir vers toi, dit le gardien. Fixe-la attentivement sans bouger, sans même cligner des paupières, et ne pense qu'à l'absorber…

Chape Doëgne poursuivit son énoncé qu'il connaissait par cœur. Il lui enjoignit de ne pas se laisser distraire par ce qui l'entourait et de ne pas broncher quand sa sphériole s'animerait. Il lui commanda d'être patient et de demeurer concentré jusqu'à ce qu'il l'ait intraférée et lui rappela que cette opération était longue et ardue et que les probabilités étaient considérables pour qu'il ne réussisse pas du premier coup. Bou écarta les jambes, fit un clin d'œil à Edwin et se tint prêt.

Le sieur Doëgne leva la tête. Une étoile qui se trouvait hors de vue se sépara de la nuée et se précipita vers eux. Balthazar vit cet obus foncer sur lui et il ferma les yeux. La sphériole s'arrêta devant son visage et demeura immobile, retenue pour l'instant par le gardien. Bou rouvrit les yeux et admira la jolie bulle qui avait la taille d'une clémentine et dont la surface transparente réfléchissait les couleurs de l'arc-en-ciel. C'était la plus belle chose qu'il ait jamais vue.

— Ne la quitte pas des yeux et ne laisse pas un battement de cils voiler ton regard, souffla l'ange. Je te passe le flambeau. Vas-y.

Balthazar écarquilla davantage les yeux et Chape Doëgne ferma les siens. La sphère était cependant si éclatante qu'un picotement lui irrita la cornée. Il s'efforça de rester immobile, mais les larmes brouillèrent sa vision et il ne put empêcher ses paupières de papilloter. L'étoile s'en retourna.

— C'est dommage, mais c'est normal, dit Ardor. D'autant plus qu'aucun stress ne te troublait à ton arrivée.

— Peu de rêveurs ont intraféré une sphériole à leur première tentative, ajouta Peccadille.

— Edwin est une exception rare, précisa Aix.

Balthazar était vraiment triste et tout penaud.

— Ne fais pas cette tête, l'exhorta Edwin. Tu te reprendras.

— Oui, nous réessayerons un peu plus tard, promit l'ange.

Bou restait silencieux. Il était dépité et surtout gêné d'avoir échoué là où son ami avait réussi aisément. Les larmes remontèrent à ses yeux. Comme il refusait que les autres le voient pleurer, il disparut.

— Ce n'est pas encore le matin, s'étonna Edwin. Pourquoi a-t-il bondi de réveil ?

— Il est peut-être simplement allé flotter en *orbite*, répondit le gardien. Les dormeurs effectuent plusieurs traversées de la glume chaque nuit. Quoi qu'il en soit, il ne tardera pas à aboutir dans une autre strate et j'irai le chercher.

L'ange communiqua avec son premier aiguilleur et lui demanda de l'informer dès que Balthazar reviendrait. Après quoi il s'en retourna auprès des rêveurs tourmentés.

— Que faisons-nous ? demanda Aix.

— Qu'en diriez-vous si nous améliorions nos techniques offensives et défensives ? proposa Ardor.

— Bonne idée ! dit Peccadille. Trouvons des Oneiros qui voudront bien engager une lutte amicale avec nous. Il nous faut trouver des partenaires de taille.

— Si nous le demandions aux sortilégeois du Nord ? suggéra le chien.

— Excellente idée ! se réjouit le ballon. L'âme guerrière de ces barbares cumule l'expérience des grands peuples martiaux ; ils sont aussi féroces, sauvages, destructeurs et hostiles qu'une armée de Mongols, de Vandales et de Huns réunis. Ils feront de très bons entraîneurs.

— Qu'en pensez-vous, Æth ? demanda Edwin dans sa tête.

La réponse se fit attendre. Enfin, sa sphériole lui souffla gravement :

— Tu sais ce que tu devrais faire.

Il comprit qu'elle n'avait pas changé d'avis depuis leur dernier échange. Elle voulait toujours qu'il passe le portail argenté du vestibule. Mais il ne pouvait pas partir comme ça. L'embarras l'assaillit à nouveau.

— Il est certain qu'un exercice de combat avec les barbares du Nord ne manquera pas de vous familiariser avec la brutalité et ne pourra que parfaire votre endurance, ajouta Æth. Mais est-ce ce qu'il vous faut? C'est à toi de décider…

Ces paroles furent loin de rassurer Edwin. Il regarda Aix et lut la même incertitude dans ses yeux.

— J'ai communiqué avec leur chef et ils nous attendent. Allons-y! lança le chien en galopant vers la plantation de carottes.

Les damoiseaux le suivirent sans empressement et le ballon roula derrière eux. Malgré la lenteur de leurs petits pas, Aix et Edwin finirent par rejoindre Ardor qui les attendait en piaffant d'impatience devant l'arrêt-passonge de la clochette, que le lapereau avait déjà relié à leur destination.

Edwin lança un appel dans sa tête:

— Devons-nous vraiment aller là? Que dois-je faire, Æth?

Sa sphériole ne répondit pas.

— Prêts? demanda le sieur Kerber en se préparant à bondir.

— Non! lança Edwin.

L'aiguilleur vacilla et tomba à la renverse en manquant d'écraser le petit lapin.

— Excusez-moi, dit Edwin, j'ai rendez-vous.

Il indiqua une nouvelle destination au lapereau et plongea dans la clochette.

Les acolytes jaillirent de la bouche de la statue et atterrirent derrière Edwin dans l'antichambre de la tour du conseil.

— Attends! commanda le chien. Pourquoi t'opposes-tu à ce que nous peaufinions nos techniques?

— Je ne suis pas contre, Ardor, mais je ne vois pas l'intérêt de défier des guerriers alors que nous avons déjà bravement combattu les maldors.

— Nous leur tenons tête, mais nous ne pouvons pas les retenir. Voilà pourquoi il faut améliorer notre force de frappe!

— Je pense comme toi. Mais, selon moi, nos performances individuelles sont suffisantes et c'est notre minorité en terme de nombre qui fait notre faiblesse. Tant que les maldors seront plus nombreux, il nous sera impossible de les vaincre. Combattre ces sortilégeois du Nord ne nous procurerait aucun avantage. Pour améliorer notre force de frappe, il nous faut grossir nos rangs !

Les autres le regardèrent avec admiration et lui-même fut étonné par son propre discours.

— Mais comment pourrions-nous être plus nombreux ? s'enquit Aix. Personne n'est en mesure de nous aider ! Même les puissants gardiens ne viennent pas à bout des maldors !

— Suivez-moi.

Les acolytes qui croyaient qu'Edwin voulait s'entretenir avec les sagesonges s'étonnèrent de le voir passer devant les portes de bronze et contourner la fontaine pour s'arrêter devant les panneaux argentés du second portail.

— Qu'y a-t-il de l'autre côté ? demanda l'albinos.

— Rien qui nous concerne, répondit Ardor.

— Je veux voir.

— Nous n'avons rien à faire là, dit Aix.

— Ils ne me laisseront jamais entrer, souffla Edwin à sa sphériole.

— Si tu décides d'y aller, ils ne pourront pas t'en empêcher, répondit Æth.

— Depuis le début de la nuit, ma… ma conscience me dit que je dois passer ce portail, annonça le garçon. Restez ici si ça vous plaît, mais moi, j'y vais.

— Enfin ! se réjouit Æth. Maintenant détends-toi et entre.

Il inspira, expira et poussa un vantail.

5

Le lac Lacrima

Aix soupira. Elle n'avait nulle envie de se faire gronder, mais elle ne pouvait pas abandonner Edwin. Toujours translucide, elle se rapetissa pour devenir une petite fille et franchit le portail à son tour. Les aiguilleurs risquaient de graves réprimandes, mais puisqu'ils avaient reçu l'ordre de veiller sur les jeunes gens ils n'avaient pas d'autre choix que d'y aller. Ils franchirent les doubles vantaux en se faisant tout petits ; Peccadille se mua en boulette multicolore et Ardor en mulot fauve, toutefois reconnaissable au minuscule huit rose sur son museau.

Ils se retrouvèrent dans une grande enceinte à ciel ouvert. Au centre se trouvait un lac artificiel dans une cuvette de sable clair entourée de gazon, d'arbustes, de fleurs et d'arbres. Autour du jardin s'élevaient quatre murs dépareillés garnis d'escaliers, de garde-corps et de fenêtres, qui touchaient les uns aux autres pour former un espace clos; ils étaient dans une cour intérieure.

— Tu as vu? Maintenant, allons-nous-en, murmura Aix.

— Il faut vraiment partir, insista le rongeur d'une petite voix anxieuse.

— L'endroit est interdit, Eddie, chuchota Peccadille.

Les trois Oneiros reculèrent vers la porte.

— Non, continue d'avancer, doucement, calmement, commanda Æth au garçon.

Edwin marcha lentement tout en détaillant les quatre façades. La plus haute avait un revêtement de planches rouges et deux fenêtres à volets blancs par étage, lesquels étaient si nombreux qu'il était impossible de les compter. Au milieu s'élevait un escalier blanc, carré et à double révolution, dont les suites de marches droites puis de biais partageaient la même cage sans communiquer, si bien qu'un individu pouvait monter et un autre descendre sans qu'ils se rencontrent.

La seconde devanture était toute en pierre et son massif escalier extérieur était en fer à cheval. Ses larges portions tournantes éloignées l'une de l'autre au sol se rejoignaient au premier palier pour se séparer au second, se rattrapaient au troisième puis s'éloignaient encore vers l'étage suivant, et ainsi de suite jusqu'au septième et dernier étage.

Edwin se retourna. Le troisième bâtiment était recouvert de plaques d'ardoise bleuâtre entre lesquelles étaient percés ici et là des hublots ronds. Chaque extrémité du mur était flanquée d'une tourelle d'escaliers à la cloison de verre qui laissait voir tous les détails des marches de marbre rayonnantes qui montaient en colimaçon sur trois niveaux autour d'un axe de calcaire.

Pour terminer, le jeune garçon porta son regard vers le mur par lequel ils étaient parvenus là. Ils étaient entrés par le coin que formaient cet édifice et le mur aux hublots. De ce côté, les panneaux du portail n'étaient pas argentés, mais capitonnés de cuir noir.

Le mur qui supportait le portail n'était pas fini. Si sa cloison de mortier gris n'avait pas eu ses ouvertures barricadées, on aurait accédé à ses treize niveaux par un inesthétique escalier extérieur de métal aux volées de marches en zigzag, dont la portion la plus basse était relevée à l'horizontale par un mécanisme de contrepoids sur pivot. Edwin fut étonné. Lui qui avait vu les Oneiros faire apparaître des tas de choses en claquant des doigts, il était surpris de voir là une chose aussi inattendue qu'une maison en construction.

Edwin remarqua que chaque mur comportait sur toute sa largeur un avant-toit en pente qui avançait jusqu'au-dessus du bord de la plage ; il se dit que ça devait servir à recueillir l'eau de pluie, comme dans les maisons romaines dont le toit s'ouvrait sur un bassin creusé au milieu de l'atrium.

— Arrête, je t'en prie ! souffla anxieusement Aix quand il s'approcha davantage de l'espace sablonneux.

Edwin se demanda ce qu'était cet endroit que ses amis semblaient craindre de profaner. Le sieur Kerber lui-même, dont le sans-gêne était flagrant, n'en menait pas large, pour une fois.

— Nous sommes à la résidence officielle, annonça l'éléone à voix basse. J'y viens souvent, marraine et parrain y habitent, mais je dois toujours m'annoncer d'avance et emprunter l'entrée principale. J'ai rarement mis les pieds dans cette cour.

« Voilà donc les demeures des sagesonges ! » Edwin tenta d'associer chacune d'elles à l'un des dirigeants. Celle au parement semblable à des écailles de poisson était sans doute la propriété de la tortue. Celle aux murs de pierre, sobre mais solide, devait appartenir à

80

Carus Philein. L'horloge habitait probablement la tour aux innombrables étages, qui convenait bien à sa nature hautaine, mais Edwin se dit qu'elle aurait tout aussi bien pu vivre dans l'édifice sombre et moche qui correspondait également à son tempérament austère et froid.

— À qui appartient ce bâtiment inachevé? demanda-t-il.

— À personne pour l'instant. Maintenant, partons, sinon nous risquons d'être tous punis. Et je ne tiens pas à goûter à la colère de Lavisée Sévira.

— Pourquoi est-il interdit d'accéder au jardin des dirigeants, alors qu'on peut entrer sans grand apparat dans la salle du conseil? Ce devrait être le contraire!

— Si l'accès à la résidence est soumis à un contrôle strict, ce n'est pas pour faire des cérémonies, mais pour assurer la sérénité de l'endroit et préserver l'irremplaçable ressource qui s'y accumule, dit Aix à mi-voix en indiquant le bassin artificiel.

— L'eau serait-elle aussi rare et précieuse ici que dans certaines régions terrestres?

— Le *lac Lacrima* ne contient pas de l'eau, Edwin. Il contient des larmes.

Cette révélation fut un choc pour le garçon.

— Un lac de larmes? s'étonna-t-il.

— Oui, dit Aix. Tu dois savoir qu'il est fréquent que les dormeurs pleurent au cours de leur sommeil. Mais tu ignores certainement que chaque larme authentique produite dans la réalité voit poindre sa jumelle spirituelle dans la Zone onirique. Toutes ces gouttes sécrétées par l'émotion humaine sont canalisées dans ce bassin et l'emplissent de sentiments contradictoires, mais complémentaires. Ici se côtoient le plaisir et la douleur, le bonheur et la peine, la sérénité et la crainte. La *mare aux larmes* renferme donc un mélange des plus passionnés.

Edwin afficha un air perplexe. D'une part, il avait peine à croire que toutes les larmes humaines puissent être ici et il se demandait d'autre part à quoi ça servait aux Oneiros de les recueillir.

— Depuis toutes les nuits que les gens pleurent, leurs larmes n'auraient pas dû remplir un bassin de taille aussi modeste, mais un océan entier! raisonna-t-il.

— Ces larmes ont la propriété de se cristalliser rapidement, expliqua Peccadille en montrant la plage autour du lac. On en récolte régulièrement les particules solidifiées et on les conserve en lieu sûr.

— Dans quel but?

— À l'instar de vos artisans qui fabriquent des articles de verre à partir d'une pâte de sable en fusion, nos compagnons façonnent les cristaux de larmes et les transforment en observatoires, en *tours de chute*, en véhicules et en divers instruments. Ce merveilleux matériau est très résistant et il possède des propriétés étonnantes, notamment celle de ne pas se désintégrer dans la glume.

— C'est donc avec cette matière que les maldors ont fabriqué le gobe-sphériole! dit Edwin. L'edbalium serait du cristal de larmes!

Aix secoua la tête, tout en levant les mains pour qu'il parle moins fort.

— Non, le cristal de larmes est transparent comme le verre, tandis que le gobeur était doré. Nous ne connaissons pas cet élément que ton ami et toi avez baptisé l'edbalium et nous ignorons d'où il provient.

— Zut.

— Les cristaux sont solides, mais les larmes liquides sont très sensibles, ajouta Peccadille dans un murmure. Tant que la cristallisation n'a pas eu lieu, la moindre perturbation peut les faire virevolter en tous sens comme des flocons de neige folle dans un blizzard. Voilà pourquoi la quiétude est de rigueur à la résidence officielle et l'accès à son jardin est interdit.

— Retournons donc au parc, souffla Ardor; nous serons plus à l'aise pour parler.

— Non, reste et recueille-toi, s'opposa Æth dans la tête d'Edwin. Si tu leur exposes clairement ton problème, les larmes t'aideront à trouver une solution.

Il s'étonna intérieurement :

— Comment ?

Il perçut un drôle de chatouillement et comprit que sa sphériole avait en quelque sorte haussé pensivement ses épaules. C'était à lui de trouver.

— Ce n'est pas le moment de parler, mais de réfléchir, dit-il en retenant sa voix, et voici l'endroit parfait pour méditer.

Il s'assit sur un banc face au lac. De crainte de faire des vagues, les autres n'insistèrent pas et prirent place en silence à côté de lui. Edwin perçut une légère humidité. Il plissa les yeux et vit qu'il tombait une pluie fine et serrée qui n'arrosait que le bassin. Un crachin quasi imperceptible, mais constant. Il pleuvotait continûment sur la mare aux larmes.

Æth avait recommandé à Edwin de définir son problème avec précision. Il entra en lui-même et s'efforça de bien le cerner.

« Nous voulons arrêter les maldors qui plongent les rêveurs dans le cauchemar. On ne peut pas les localiser à l'aide d'une dyna-mappe, puisqu'ils sont furtifs. Il faut donc les repérer *de visu*. Aix et moi pouvons maîtriser un rebelle à la fois et Peccadille et Ardor peuvent venir à bout d'un troisième en unissant leurs forces. Mais les autres Oneiros ne semblent pas avoir d'emprise sur eux, pas même les puissants gardiens. Nous pouvons donc en arrêter trois sur cinq. Il faudrait être plus nombreux. Mais, même si on les arrêtait tous, on ne pourrait pas les retenir. Il faut trouver une prison plus solide où un moyen de neutraliser leurs pouvoirs. Ça fait bien des problèmes à régler… »

— Une seule chose à la fois et dans le bon ordre, lui souffla Æth.

Edwin se demanda par laquelle il fallait commencer : trouver des cellules plus solides ? Localiser les maldors ? Chercher de l'aide ? Cette idée lui redonna courage. « Oui ! Il existe sûrement des êtres susceptibles de nous aider. Mais comment savoir qui ils sont ? Et où ils sont ? Oui, voilà ce qu'il faut faire : découvrir si d'autres que nous peuvent vaincre les maldors. » Il laissa fuser cette pensée tout en se disant qu'il aurait fallu être un puits de connaissance pour répondre à toutes ces interrogations.

Il entendit gargouiller le centre du lac et vit monter des bulles d'air. Edwin crut que le maldor dinosaure revenait l'attaquer et il bondit.

Mais, ce qui remonta à la surface, ce ne fut pas un ennemi, mais un cylindre clair qui flotta vers Edwin et s'échoua sur la rive. Ses amis furent si surpris de voir un objet naître directement du lac Lacrima qu'ils ne l'empêchèrent pas d'aller le cueillir. C'était un rouleau de cuir fin. Edwin le déroula. Il était deux fois plus long que large et plus souple qu'une peau de veau naissant. Mais il n'y avait rien dessus; aucun dessin, pas de texte. Et il était si mince qu'il était transparent.

Edwin jeta un regard interrogateur à ses acolytes qui restèrent muets. Ils affichaient tous trois un air abasourdi, même Peccadille sur laquelle étaient apparues deux saillies arquées semblables à des sourcils stupéfiés et une bouche béate d'étonnement.

— Le damoiseau a fait sortir cette chose du lac Lacrima! transmit-elle avec émerveillement.

— Ouah! Je croyais que ce phénomène n'était qu'une légende, répondit Ardor par télépathie.

— C'est extraordinaire! s'éblouit mentalement Aix.

— À quoi ça peut bien servir? murmura Edwin en se rasseyant avec le parchemin.

Un trait d'un bleu profond apparut alors sur le vélin. Il s'étira en se recourbant et dessina une lettre, puis, sans s'arrêter, il forma d'autres lettres qui devinrent un mot.

Le phénomène se poursuivit et une phrase complète se composa, à laquelle d'autres s'ajoutèrent :

« *Je suis le* parchecret *aux énigmes.*

Mes fibres recèlent toute l'expérience des larmes, je suis le plus érudit.

Qui souhaite profiter de mes acquis n'a qu'à demander,

Mais seuls peuvent me questionner mon créateur et ses alliés,

Et seuls leurs proches pourront voir mes répliques.

Pour les autres je resterai muet

Et aux yeux lointains je ne présenterai rien. »

— Le parchecret aux énigmes… murmura Edwin.

— C'est sûrement un parchemin très spécial, souffla Ardor.

— Naturellement, puisqu'il sait tout ! précisa Peccadille.

— Voilà exactement ce qu'il nous faut ! dit Aix. Comment pouvons-nous lui poser nos questions ?

— Il faut peut-être les écrire dessus, dit Edwin. L'un de vous aurait-il un crayon ?

Peccadille s'apprêtait à fouiller en elle, mais elle arrêta son geste et annonça :

— Regardez ! Un nouveau texte a remplacé le premier !

« *Seule l'encre de mes veines peut marquer mon épiderme.*

Pour ouïr, je n'ai nul besoin d'oreille,

Mais haut ou bas vous devez formuler vos questions

Pour que sur ma surface apparaisse une solution. »

Tous quatre se regardèrent avec de grands yeux surpris.

— Puisque tu es le créateur, à toi l'honneur ! dit Aix à Edwin.

Il pensa à ses dernières réflexions et trouva quelle question poser.

— Parchecret aux énigmes, existe-t-il d'autres êtres qui peuvent vaincre les maldors ?

Une autre phrase apparut : « *Vous trouvez-vous dans le jardin interdit ?* »

— Ce n'est pas une réponse, ça !

— Le parchecret aux énigmes ne répond donc que par énigmes, comprit Aix. La réponse à celle-ci est oui. Ce qui veut dire que oui, il existe d'autres individus capables de vaincre les maldors.

— Je déteste qu'on réponde à mes questions par des questions... marmonna Edwin.

— Pour quelle raison réponds-tu seulement par énigmes ? demanda Peccadille au parchemin.

« *Ma science provient des âmes légères et engourdies,*

Mes sources sont innombrables, mais combien imprécises !

Si mon savoir est immense, mes idées sont en pagaille.

Ce que j'émets sera donc toujours trouble et vague.

Je suis le lettré parchecret aux énigmes ;

Aussi, avec sagacité faut-il interpréter mes allégories. »

— Il tire ses connaissances des larmes des dormeurs, dit Peccadille. Or, il n'y a pas plus imprécis que les émotions d'un humain endormi.

— Ses instructions ne peuvent donc pas faire autrement que d'être floues, comprit Edwin.

— Et c'est à nous de débrouiller tout ça. Quelle perte de temps ! fit Aix.

— Hou ! Je sens qu'on va bien s'amuser ! souffla Ardor

— Vous devenez turbulents… transmit Æth au garçon.

Edwin proposa aux autres de partir, ce qu'ils acceptèrent sans se faire prier, trop heureux de quitter le jardin interdit.

6

Des devinettes

Les acolytes arrivèrent au centre du Secteur-Neige en même temps que Chape Doëgne et Balthazar. Tandis qu'ils gagnaient le jardin botanique, Edwin discuta avec son ami qui semblait encore tout étourdi et qui, manifestement, n'était pas tout à fait présent. Il fallut lui rafraîchir la mémoire quant à l'environnement où il se retrouvait. Son étourdissement s'estompa graduellement et bientôt l'ange put annoncer qu'il était prêt pour tenter un nouvel intraférage.

Une sphériole de la taille d'une prune se présenta. Plusieurs minutes plus tard, elle commença à bouger et tourna autour de Bou. Quand elle réapparut devant ses yeux, tout éclatante, il ferma un œil et elle s'envola. Chagriné par ce second échec, Balthazar disparut à nouveau.

— Pauvre lui! se désola Edwin.

— Il va vite s'en remettre, dit Peccadille.

— Il réussira peut-être la prochaine fois, ajouta Ardor.

— Je vous le ramène dès que possible, dit le gardien en les quittant.

— Nous pouvons enfin questionner le parchemin! se réjouit Aix.

Fébrile, Edwin déroula le vélin tout en réfléchissant à sa question. Il tint la surface vierge à bout de bras pour que ses compagnons puissent lire ce qui y apparaîtrait et demanda:

— Parchecret aux énigmes, j'aimerais que tu nous mettes sur la piste de ceux qui peuvent nous aider à vaincre les maldors.

De fins traits bleu ciel apparurent sur la surface immaculée, s'épaissirent et se rejoignirent, en fonçant jusqu'à devenir marine et à former une question: « *Les événements extraordinaires sont-ils uniques?* »

— Euh… j'imagine que non, répondit Edwin. Non, la réponse est non, interpréta-t-il.

— Et alors quoi? s'impatienta Aix.

Le texte changea légèrement: « *Les événements extraordinaires ne sont pas uniques.* »

— C'est tout? s'étonna Ardor.

— Ma mère-grand! s'exclama Edwin. Qu'est-ce que ça signifie?

— Quand t'exprimeras-tu enfin en termes clairs ? gronda l'éléone en toisant le parchemin, lequel ajouta sous la première ligne : « *Dans la semaine aux quatre jeudis !* »

— Jamais ! traduisit Aix. Pff !

— Parchecret, pourrions-nous avoir un autre indice ? demanda Peccadille.

Une troisième phrase s'inscrivit : « *Les poules ont-elles des dents ?* »

— Non, répondit le ballon. Donc pas d'autre indice. Zut !

Les deux dernières lignes s'effacèrent et seule demeura celle qui indiquait que les événements extraordinaires n'étaient pas uniques.

— Ce torchon m'exaspère et cet endroit me donne le cafard ! s'exclama Aix. Allons ailleurs.

Comme ils arrivaient devant le lapereau, un Balthazar à l'air confus jaillit du grelot, seul. Au même moment, l'ange transmit par télépathie aux acolytes qu'il était pris et qu'il les rejoindrait plus tard pour tenter l'intraférage.

— Où… où suis-je ? bégaya Bou.

— Ne me dis pas qu'il va falloir recommencer les explications chaque fois ! dit Aix.

Patiemment, Edwin répéta qu'ils étaient au pays des songes et il refit les présentations. Bou fronça d'abord les sourcils, puis il hocha lentement la tête. La mémoire lui revenait.

Quand sa confusion se dissipa, Edwin lui résuma l'apparition du parchemin et lui transmit la phrase qu'ils n'arrivaient pas à déchiffrer. Bou n'en comprit pas le sens lui non plus.

— Le verger du confiseur, commanda Aix au lapereau.

Ils atterrirent dans un champ de disques multicolores fixés au bout de hauts bâtons.

— Une plantation de sucettes géantes! souffla Bou.

À son regret, il était trop petit pour atteindre les bonbons. Aix les guida vers la sortie du verger. Ils traversèrent une mare de pralines, non sans que Balthazar en croque une et soit déçu par son absence de saveur. Ils gravirent une colline de guimauve et atteignirent un village. Les garçons eurent alors l'impression d'entrer dans un conte merveilleux. Les maisons étaient des friandises géantes aux murs de pain d'épices, en rondins de sucre d'orge ou aux briques de caramel, les unes peintes de nougat ou de fondant, d'autres crépies au sucre glace, d'autres encore enduites de cacao. Dans les arbres et les jardins ne poussaient que des sucreries: gâteaux, tartelettes, chocolats, bonbons et autres pâtisseries et douceurs colorées.

— Quel dommage que rien n'ait de goût ici ! déplora Bou.

Ils longèrent l'allée principale. Balthazar qui voulait tout voir avait la tête comme une girouette. Soudain captivé par un manoir en réglisse torsadée, il continua de marcher sans pouvoir en détourner les yeux, jusqu'à ce qu'il trébuche contre un landau de poupée et se retrouve à quatre pattes. Il chercha la fillette qui avait laissé traîner l'objet là, mais ne vit aucune enfant.

— Tu pourrais au moins t'excuser, damoiseau ! lança une petite voix fâchée.

Bou se pencha sur la voiturette, mais il ne vit ni bébé ni poupée.

— Qui m'a parlé ?

— Moi ! s'écria le landau. Tu m'as bousculé ! Ce serait la moindre des choses que tu t'excuses !

— Heu… j'ignorais… pardon… je suis désolé !

— Voilà qui est mieux, lança le jouet en s'éloignant à toute vitesse.

Balthazar regarda les autres sans comprendre.

— C'est un activinertien, comme moi, dit Peccadille.

— Ah ! je comprends.

Ils reprirent leur route. Bou regarda s'éloigner la voiture à grandes roues et s'étonna de la voir entrer dans un bottillon géant constitué de pâte d'amande. Quand il reporta son attention sur le chemin, il ne put éviter un second obstacle et percuta un réverbère planté au milieu du trottoir.

— Je suis désolé, monsieur le luminaire, dit-il sans attendre.

Le poteau ne dit rien.

— Hé! Sieur le lampadaire! Je vous ai présenté mes excuses, vous pourriez répondre!

Il frappa trois coups sur le pylône de sucre durci, qui résonna sans réagir. Edwin et Aix pouffèrent, Ardor se roula par terre, alors que Peccadille se mit à glousser et à grossir.

— Qu'est-ce qui se passe, maintenant? s'offusqua Balthazar.

— Tu parles à un simple objet... tu risques d'attendre la réponse longtemps! hoqueta Aix.

— Mille milliards de mille cent bogues! Comment voulez-vous qu'on s'y retrouve, parmi les objets et les non-objets? C'est un vrai monde de fous!

L'éléone fut la première à retrouver son sérieux. Elle murmura quelque chose à Peccadille qui rigolait toujours en se gonflant à chaque inspiration et qui atteignait maintenant la hauteur d'un chalet. Un bras émergea du ballon et tendit à Bou une paire de lunettes bariolées. Aix lui expliqua comment ces auranocles permettaient de différencier les individus d'après leur aura.

Fier de ses nouvelles lunettes, Balthazar admira les émanations colorées que diffusaient ses amis et les habitants du village de sucreries. Il vit alors un grand homme entouré d'étincelles multicolores sortir d'un camion en chocolat. À sa blonde chevelure bouclée, à sa tunique mordorée et à ses ailes blanches, il reconnut Chape Doëgne. L'ange l'invita à tenter l'intraférage d'une étoile. Tout heureux, Bou releva les lunettes sur sa tête et se tint prêt. Plus jeune que les précédentes, la sphériole qui répondit à l'appel avait la taille d'un abricot. Malgré sa petitesse, Bou ne put résister à sa luminosité et il ferma les yeux quand sa révolution rapide la transforma en un anneau ardent.

Dès qu'il vit la bulle filer, Edwin prit Bou par les épaules.

— Je t'interdis de t'éclipser ! Ce n'est pas en te réfugiant dans le réveil que tu apprendras à maîtriser tes émotions.

Balthazar resta. Le gardien lui dit qu'il approchait du but, promit de revenir bientôt et les quitta. Aix encouragea le garçon et l'assura qu'il était passé à un cheveu de réussir et qu'il y parviendrait sûrement la prochaine fois.

— Mais, pour l'instant, il est temps de réfléchir à l'énigme du parchecret, ajouta-t-elle.

Une demi-heure plus tard, ils étaient sous un grand arbre de meringue aux branches qui débordaient de grappes de fruits confits et ils entouraient Balthazar pour le consoler. Chape Doëgne était revenu et était déjà reparti. Bou avait encore cligné des yeux et fait fuir une étoile de la taille d'un litchi. Ce nouvel échec l'avait gêné au plus haut point et les larmes lui étaient venues. Déjà bien assez embarrassé, il les camouflait en massant ses yeux et en marmonnant qu'il était épuisé.

— Tu es épuisé d'avoir raté l'intraférage d'une si petite sphériole? le nargua Aix qui avait les nerfs à fleur de peau. Un rien te perturbe, ma foi!

Ils étaient tous tendus, Bou à cause de ses ratages successifs, les autres en raison de leur incapacité à percer le secret du parchemin. Pour éviter toute scène disgracieuse, Edwin fit diversion.

— Si nous retournions au parc de Bulle-Neige! Loin de l'agitation, Bou recouvrera plus vite son entrain et nous pourrons calmement résoudre l'énigme du parchecret!

— Non! s'opposa Aix. J'ai eu mon lot de visites là-bas pour aujourd'hui et je sens qu'un autre passage sur le site commémoratif du grand bouleversement me ferait sauter les plombs.

— Je me demande qui de nous deux est le plus perturbé… se moqua Bou.

— Tu serais peut-être aussi émotif si une telle catastrophe avait marqué ta naissance!

Balthazar regretta aussitôt ses paroles.

— J'ai été idiot de dire ça! Je m'excuse. Sincèrement! Tu me pardonnes?

Aix hocha la tête en silence. Bou repensa à cette tragédie qu'Edwin lui avait racontée et que les Oneiros appelaient le bouleversement. Des années plus tôt, l'atelier de l'inventeur avait explosé, ce qui avait détruit le centre du Secteur-Neige et blessé grièvement Morfroy Deffroy qui, fou de douleur, s'était jeté dans un impassonge. Sur la zone dévastée, on avait aménagé un joli parc à la mémoire de l'ingénieux éléon disparu. Le quatorze septembre prochain, à midi tapant, cela ferait treize ans qu'avait eu lieu l'inexplicable drame. Aix fêterait au même moment son treizième anniversaire. Ainsi qu'Edwin. Les sagesonges disaient qu'Aix et Edwin, nés au moment de l'explosion, avaient certainement été atteints par le souffle d'énergie de la déflagration et que c'était là l'explication des prodigieuses facultés qu'ils possédaient et qui leur permettaient de paralyser les maldors.

Bou en était là dans ses réflexions quand une révélation lui sauta à l'esprit.

— J'ai trouvé! s'exclama-t-il. C'est si simple que ça m'étonne que personne n'y ait pensé!

— Tu as trouvé où nous devrions aller pour ne pas perturber ton esprit fragile? persifla Aix.

Bou était si heureux de sa trouvaille qu'il ne réagit pas au sarcasme.

— Mais non! répondit-il joyeusement. J'ai trouvé la solution à l'énigme!

— Tu es sérieux? s'exclama Edwin.

Bou hocha la tête en souriant fièrement.

— Qu'est-ce que tu attends pour nous la dire? s'impatienta l'éléone.

— Vous deux pouvez chacun venir à bout d'un maldor, expliqua Bou en pointant Aix et Edwin. Pourquoi? Parce que vous êtes nés lors d'une explosion de puissance onirique. Ça fait de vous des êtres hors de l'ordinaire! Or, d'après le parchemin, les événements extraordinaires ne sont pas uniques. Selon moi, ça signifie qu'il existe d'autres individus qui sont nés en même temps que vous. Il n'y a qu'à éplucher les registres des naissances pour trouver qui ils sont.

Edwin déroula le parchemin. Il était à nouveau vierge. Le cœur battant d'espoir, il lui demanda si d'autres individus étaient nés en même temps qu'Aix et lui. Une devinette s'afficha :

« *Je suis le sens qui permet la perception des sons.* »

— Oreille ? s'étonna Bou. Quelle drôle de réponse !

— L'oreille est un organe et non un sens, rétorqua Aix. Le sens de l'audition, c'est l'ouïe.

— Ouïe est l'homophone de oui, dit Edwin. Nous ne sommes donc pas les seuls…

— Ouah ! se réjouit Ardor. Bou, tu es génial !

— Ouais.

— Je suis la seule Oneira à être née à ce moment-là, nota Aix.

— Les autres doivent être des humains, dit Edwin.

Il demanda au parchemin :

— Qui sont ces individus ?

« *La puissance onirique marque de son sceau les porteurs du pouvoir, les portefaix.*

Sur les épaules de ces êtres doués repose la charge de la paix du rêve.

L'heure de réunir les portefaix a maintenant sonné. »

— Les portefaix… les porteurs du pouvoir… répéta Aix, songeuse. Combien sont-ils ?

Le parchemin répondit par une autre question :

« *Combien y a-t-il de continents terrestres ? De sens humains ? De doigts de la main ?* »

— Cinq ! Ils sont cinq ! se réjouit Balthazar.

— Où se trouvent-ils ? demanda Edwin.

« *Deux d'entre eux discutent présentement avec la plus grande source de savoir qui soit.*

Pour que l'équipe des quintuplés de l'esprit soit complète,

Cette paire-ci devra trouver et convaincre le brelan manquant. »

Edwin et Aix se regardèrent.

— La source de savoir, c'est lui, transmit l'éléone au garçon par télépathie.

— Il parlerait donc de nous ? Nous serions des porteurs de pouvoir ? lui souffla Edwin par le biais de son iniphone.

Consternés par cette découverte, tous deux se fixèrent en silence.

— Des quintuplés, ce sont cinq enfants nés d'une même grossesse, fit remarquer Bou qui n'avait rien perçu de leur échange mental. Et, dans certains jeux, au poker par exemple, un brelan est la réunion de trois cartes de même valeur, comme trois as, trois rois, trois dames, trois…

— Ça va! l'interrompit Aix. Nous avons compris que nous devons trouver les trois autres portefaix.

Elle se pencha sur le parchemin et lui dit:

— Hé! La grande source… Arrête de te vanter et indique-nous qui sont les autres.

Le parchecret retrouva sa pureté, à la suite de quoi, d'une écriture fine, son encre recommença à tracer des lettres qui se multiplièrent pour former quatre courts paragraphes:

« L'andrène est un bourdon solitaire qui creuse son nid dans la terre, vigoureux comme un arbre et imperturbable comme la pierre. Détermination et force coulent dans ses veines.

La colombe est pure, candide et avide de bonté. Elle aspire à la paix. Elle exprime la paix. Écoutez-la et elle vous mènera vers la quiétude.

Le feu follet est hardi, instable et quasi insaisissable, mais son esprit est animé par un désir d'équité. Talonnez-le avec persévérance et il vous fera vivre d'enrichissantes expériences.

Ces trois portefaix ignorent tout de leur destinée et ce sera aux premiers et à leurs alliés de les instruire. L'andrène sera le plus facile à convaincre, mais il faudra d'abord le débusquer. La sage colombe est prudente à l'extrême et se montrera des plus sceptiques. Le feu follet, espiègle et passionné, ouvre difficilement son cœur et n'offrira pas volontiers son amitié. »

Quand il eut fini de lire ce texte, Balthazar bâilla longuement. Il fut aussitôt imité par Edwin. Leur sommeil tirait à sa fin. L'albinos jugea plus prudent de remettre le parchemin à Aix.

— Où sont ces trois portefaix? demanda celle-ci.

« *L'andrène s'est exilé dans les célèbres dédales de la perle du sud où il offre des fruits oblongs, entouré de conteurs et de charmeurs, de marchands et de charlatans.*

La colombe aime la colline de Lug, mais elle préfère le V du vieux. Imitant les ouvriers qui protégeaient leurs soyeuses étoffes des intempéries et les insurgés qui se déplaçaient à l'abri des autorités, ce portefaix prend des raccourcis et franchit courettes et pâtés en un instant.

Le feu follet se trouve dans un cinquième État, entre le golfe et la mer. Ce nomade éploré se désole au cœur d'un phare penché sur une pointe de liège, aux abords du rivage de la villa, non loin du serpent doré maya. »

Les garçons qui bâillaient de plus belle eurent du mal à terminer la lecture.

— Vous n'allez pas tarder à bondir de réveil, nota Peccadille.

— Oui, dit Aix. Nous devrons donc déchiffrer ces textes chacun de notre côté.

— Crois-tu pouvoir te rappeler toutes les énigmes? demanda Edwin à Balthazar.

Bou hocha la tête en bâillant.

— Tu ferais tout de même mieux de les relire.

Aix tourna le parchemin vers Bou qui, bouche béante et yeux écarquillés, entreprit de mémoriser tout le contenu. Il disparut au milieu de sa troisième lecture.

— Je vais le rejoindre pour que nous nous attaquions dès maintenant au décodage, annonça Edwin en extirpant sa dynamappe de sa musette de tréfonds-trucs.

Après avoir demandé à l'instrument de lui indiquer la sortie la plus proche, il salua les Oneiros et plongea dans l'entrée du passonge relié à une tour de chute. Son esprit franchit la glume instantanément, fila comme une comète dans l'orbite onirique et traversa un porche-brume pour rejaillir dans la réalité.

7

Décryptage

Sitôt réveillé, Edwin prit son petit poste émetteur-récepteur et appela Balthazar.

— Je vais chez toi, ou tu viens ici?

Plusieurs secondes s'écoulèrent.

— Comment? demanda Bou d'une voix pâteuse.

— Laisse tomber, j'arrive. Nous avons du boulot!

— Ah bon!

Troublé par sa réaction, Edwin se dépêcha. Il fit irruption dans la chambre de Bou et le trouva installé devant son ordinateur, en pyjama.

— Tu retranscris le texte? demanda Edwin.

— Hmm…?

Edwin regarda l'écran: Bou faisait zigzaguer un bolide virtuel de jeu informatique. Choqué, il mit fin au programme.

— Eh! J'allais battre mon record!

— Plus tard! Là, il faut déchiffrer les énigmes!

Balthazar prit un air de je-ne-comprends-rien-à-ce-que-tu-dis. De plus en plus inquiet, Edwin lui demanda s'il se rappelait son dernier rêve. Bou secoua la tête. Edwin prit la sienne à deux mains.

— Catastrophe! Bien sûr, tu ne peux pas te souvenir, puisque tu n'as pas pu intraférer ta sphériole. Ma mère-grand! Qu'est-ce que je vais faire?

— Sphériole? répéta Bou. J'ai essayé d'intraférer une sphériole cette nuit?

— Oui, plusieurs fois, mais sans réussir. Nous étions ensemble dans la Zone et je m'étais fié à toi pour retenir les énigmes. Mais tu as tout oublié... Il faut donc que je me rappelle...

Edwin ferma les yeux et réfléchit à mi-voix.

— Il y a trois portefaix: l'andrène, la colombe et le feu follet. Comment le parchecret les a-t-il décrits, déjà?

Bou entendit ses murmures et fronça les sourcils. «Le parchecret, l'andrène, la colombe et le feu follet», se répéta-t-il. Ces mots étranges lui semblaient familiers, alors qu'il ne les employait pas hier. «Je les aurais entendus cette nuit? J'ai donc vraiment passé la nuit dans la Zone onirique avec Edwin ! Et avec des Oneiros… Mais pourquoi est-ce que je ne me rappelle rien ? »

Dans sa tête, le souvenir d'une voix moqueuse lui revint, qui disait : « *Tu es épuisé d'avoir raté l'intraférage d'une si petite sphériole ? Un rien te perturbe…* » Le visage d'Aix lui apparut. Puis il revit l'ange, Ardor et Peccadille. Et il se rappela le village de friandises, le parc de Bulle-Neige, le lapereau ; tout lui revenait ! L'image d'un parchemin se dessina dans ses pensées. Et du texte s'y afficha. Il laissa Edwin à sa concentration et se précipita sur son clavier.

Quelques minutes plus tard, il fit imprimer deux pages et en secoua une devant le visage de son ami. Agacé par le froufrou, Edwin leva des yeux sévères.

— Laisse-moi tranquille avec tes jeux idiots ! Je dois absolument me rapp…

Il se tut et ses yeux qui s'étaient mis à lire le texte s'agrandirent.

— Balthazar, tu m'épates !

— Je m'épate aussi. Par le grand ludiciel ! s'exclama Bou après avoir relu les énigmes. Je vais me régaler avec tous ces secrets à décrypter !

— *L'andrène s'est exilé dans les célèbres dédales de la perle du sud où il offre des fruits oblongs, entouré de conteurs et de charmeurs, de*

109

marchands et de charlatans, récita Edwin. La perle du sud, ça me dit quelque chose…

Un instant plus tard, il fit sursauter Bou en s'exclamant :

— Je l'ai ! C'est le responsable des relations africaine à la firme de mamie qui m'a parlé de la perle du sud. Il s'agit du surnom de Marrakech, une ville du Maroc. Monsieur Chazot y est allé souvent et il m'a décrit la fameuse place Jemaa El Fna où s'exhibent les poètes, les vendeurs et les artistes.

— Le portefaix-andrène ne doit donc pas être loin de cette place Jemmanamachin.

— Oui, et s'il offre des fruits il doit être dans une fruiterie. Il y a justement des souks derrière la place Jemaa El Fna.

— Des souks ? Je n'ai jamais entendu ce mot. C'est quoi ?

— Dans les pays arabes, ce sont des marchés qui réunissent des boutiques et des ateliers dans un enchevêtrement de ruelles.

— Voilà les dédales auxquels fait référence l'énigme ! s'exclama Bou en se connectant à Internet.

— Que fais-tu là, malheureux ? As-tu déjà oublié les intrusions de Phantamar ?

— Du calme, jeune Robi ! As-tu déjà oublié que Boucanier-le-Pirate n'oublie jamais rien et qu'il est un as de l'informatique ? Tu sauras donc que je me suis protégé contre de nouveaux assauts et que le propriétaire de ce poste est censé être un Jeannot Toulemonde qui se connecte au Web via un fournisseur implanté en Île-de-France.

— Très astucieux ! Tu peux y aller.

Bou accéda aux archives publiques de l'état civil marocain et consulta les registres. Il trouva plus de cent enfants qui auraient treize ans le quatorze septembre prochain. Mais aucun n'était inscrit dans les répertoires de Marrakech.

— Nous le localiserons cette nuit avec une dynamappe, dit Edwin. Passons au portefaix suivant.

« *La colombe aime la colline de Lug, mais elle préfère le V du vieux. Imitant les ouvriers qui protégeaient leurs soyeuses étoffes des intempéries et les insurgés qui se déplaçaient à l'abri des autorités, ce portefaix prend des raccourcis et franchit courettes et pâtés en un instant.* »

Impressionné par la mémoire de son ami, Edwin le félicita par une tape amicale dans le dos. Balthazar se connecta à son moteur de recherche préféré et saisit les termes *colline* et

Lug. L'ordinateur restitua quelques centaines de résultats. Il survola les résumés et annonça :

— Ici, on indique que Lug était le dieu suprême de la mythologie celtique, et là, il est écrit : *La ville sera érigée sur la colline de Lug et s'appellera donc Lugdunum.* Et regarde ce titre : *Lug, dieu de la capitale de la soie.* Les soyeuses étoffes ! Nous sommes sur la bonne voie !

— J'ai lu dans une bande dessinée que Lugdunum était l'ancien nom de Lyon, dit Edwin.

— La colombe se trouve donc là-bas ! Nous l'avons trouvée !

— Ne crie pas victoire trop vite ; Lyon est la deuxième ville la plus populeuse de France. Il faut maintenant découvrir où se cache ce portefaix dans cette dense agglomération.

— Quel programme bogué ! Nous ne sommes pas au bout de nos peines…

Même si seule une minorité de bases de données du chef-lieu lyonnais étaient accessibles à tous, elles étaient tout de même trop nombreuses pour qu'ils puissent les consulter toutes. Ils revinrent plutôt à l'énigme et tâchèrent d'en démystifier les autres éléments afin de resserrer la piste.

Ils consultèrent une encyclopédie libre du cyberespace. Un article sur Lyon leur apprit que la colline de Lug s'appelait aujourd'hui

Fourvière. Ils apprirent aussi que les canuts, les ouvriers qui travaillaient dans le tissage de la soie, se déplaçaient jadis en empruntant des traboules, c'est-à-dire des allées qui reliaient deux rues en traversant des cours intérieures et des pâtés de maisons. En plus de permettre aux artisans de transporter leurs soieries à l'abri de la pluie, ces chemins de traverse permettaient de se déplacer discrètement dans la ville. Les traboules avaient ainsi été très utilisées lors des révoltes et pendant la Seconde Guerre mondiale.

— Je suis convaincu que nous dénicherons la colombe dans une de ces traboules, dit Edwin.

Balthazar fit afficher la liste. Il s'exclama :

— Nom d'un embrouillamini de matériel périphérique ! Il y a plus de deux cents rues où on peut trouver de ces allées qui traboulent, et elles sont éparpillées dans tout Lyon. S'il nous faut les fouiller toutes, ça va nous prendre mille et une nuits !

Edwin lui tapota l'épaule et pointa le bas de l'écran où s'inscrivait : *Les traboules les plus célèbres se situent dans le Ve arrondissement du vieux Lyon.* Et il afficha un sourire qui voulait dire : est-ce-que-ça-te-dit-quelque-chose ?

— Par le grand réseau de neurones, tout concorde ! V signifie 5 en chiffres romains. La préférence de la colombe pour le V du vieux ne fait donc pas référence à la première lettre du mot, mais au cinquième quartier !

— Exact. Ce qui réduit considérablement l'étendue de nos recherches. Des mille et une nuits de fouille, nous pouvons en retrancher mille. Nous trouverons la colombe cette nuit !

Après leur pause de midi, les garçons regagnèrent la chambre et s'attaquèrent au troisième portefaix.

« *Le feu follet se trouve dans un cinquième État, entre le golfe et la mer. Ce nomade éploré se désole au cœur d'un phare penché sur une pointe de liège, aux abords du rivage de la villa, non loin du serpent doré maya.* »

— Je crois que le serpent maya est notre meilleure piste de départ, dit Bou.

Une requête avec cette paire de mots dans le moteur de recherche rendit huit mille résultats. Balthazar parcourut rapidement les premiers et constata que rien d'intéressant n'avait été trouvé.

— Je sais que les Mayas ont constitué une ancienne civilisation indienne en Amérique centrale avant la venue de Christophe Colomb, mais c'est à peu près tout, dit Edwin.

Bou revint à l'encyclopédie libre qui leur apprit que le peuple maya avait habité un territoire que se partageaient maintenant le Mexique, le Belize, le Guatemala et le Honduras.

— Ça représente une région très vaste, fit remarquer Edwin. J'espère que le champ de nos recherches pour retrouver le feu follet ne s'étendra pas autant...

— J'ai peur que ce soit le cas, dit Bou en faisant défiler l'interminable dossier informatique sur les Mayas.

— La Toile s'ouvre sur une mer de connaissance dans laquelle on peut facilement se noyer, dit Edwin. Il est donc temps d'employer les grands moyens...

Il alla chercher un épais volume sur une étagère.

— Que fais-tu, avec ce dictionnaire archaïque ? se moqua Bou.

— Ne sous-estime pas cet outil primitif, jeune Canier. Il est rudimentaire, mais toujours efficace ! Et il est surtout plus succinct qu'Internet quand on ne sait que vaguement ce qu'on cherche.

Il parcourut en effet rapidement la définition du mot maya, que le dictionnaire considérait avant tout comme une civilisation précolombienne mexicaine.

— Mexicaine! précisa Edwin. Et non pas américaine. Je suis donc convaincu que notre feu follet est au Mexique et que nous pouvons écarter le reste de l'Amérique Centrale.

Edwin décida qu'il était temps de réhabiliter l'encyclopédie de papier qui dormait sur les rayons et dont le contenu était moins dense que le réseau des réseaux, tout en étant plus complet que celui d'un simple dictionnaire. Il choisit deux volumes, remit à Bou celui qui englobait les mots qui commençaient par *me-* et garda le précédant où se trouvaient ceux qui débutaient par *ma-*.

— Je m'occupe des Mayas, toi du Mexique, dit Edwin.

Chacun entama la lecture de son dossier détaillé, à l'affût d'expressions qui s'apparenteraient à celles de l'énigme.

Edwin apprit que, contrairement à ce qu'il croyait, les Mayas n'avaient pas tous été exterminés par les conquistadors espagnols, les épidémies ou le métissage, et qu'il en restait un tiers de million d'authentiques disséminés au Guatemala, au Belize et surtout au Yucatán. Il s'étonna qu'on ne mentionnât pas le Mexique.

Bou fit rapidement défiler sous son pouce le coin des nombreuses pages qui traitaient du Mexique et il grommela :

— J'espère ne pas devoir lire tout ça pour trouver le lien entre un phare penché, un cinquième État et un serpent doré… Je suis sûr que j'avancerais plus vite en surfant.

— Je ne vois pas pourquoi un texte affiché à l'écran serait plus aisé à lire qu'un imprimé sur papier.

— Je suppose que ça me stimule, de faire cliquer la souris…

— Fais-toi plaisir, dit distraitement Edwin.

Content, Bou revint à son ordinateur. Il fit s'afficher le dossier du Mexique et en entama la lecture en souriant, nullement rebuté par sa longueur aussi importante sinon plus que celle de la version papier. Absorbé, Edwin découvrit que le Yucatán désignait à la fois un État mexicain et une péninsule située entre le golfe du Mexique et la mer des Antilles. « Entre le golfe et la mer ! Comme dans l'énigme ! » se dit-il.

— Bou ! Le portefaix est bien au Mexique ! Il est sur la péninsule du Yucatán ! Mais j'ignore s'il est dans l'État du Yucatán.

Edwin alla prendre le tome de l'encyclopédie qui contenait les mots commençant par Y, mais Balthazar fut plus rapide et fit s'afficher l'article qui les intéressait. Il en parcourut vite l'index et, au moment où Edwin ouvrait le bouquin, l'autre savait déjà que la péninsule du Yucatán incluait les États du Campeche, du Yucatán et du Quintana Roo. Bou fronça les sourcils. Lui qui était doué pour les langues étrangères, il crut saisir le sens d'un de ces mots. Il pianota sur son clavier et s'exclama presque tout de suite :

— Eurêka !

Il avait devant les yeux la preuve qu'il ne s'était pas trompé : l'outil de traduction linguistique lui confirmait que *quintana* voulait dire cinquième ! Or l'énigme disait que le portefaix se trouvait dans un cinquième État...

— Le feu follet est bien sur la péninsule du Yucatán, Eddie ; il est dans l'État du Quintana Roo !

D'un double-clic, Balthazar passa à un nouvel article et lut :

— *Les côtes du Quintana Roo comprennent plusieurs destinations touristiques et les villes de Cancún et de Playa del Carmen figurent parmi les plus populaires de la Riviera Maya.* Ah... murmura-t-il, rêveur, rien qu'à prononcer ces noms, je m'imagine sur une plage dorée devant une mer turquoise où frétillent de jolis poissons.

— Bou ! le coupa Edwin qui cette fois avait été le plus rapide.

Il tapota du doigt le grand livre ouvert sur ses genoux et annonça :

— En langue maya, *cancún* signifie serpent d'or!

— Le serpent doré maya!

Bou se demanda si le nom de l'autre ville touristique importante avait aussi une signification révélatrice. Le site qui offrait la traduction de l'espagnol au français lui apprit que *playa del carmen* pouvait se traduire par la plage de la villa. Il relut alors l'énigme:

— Bla, bla, bla, *aux abords du rivage de la villa, non loin du serpent doré maya.* Par le routeur désorienté! Qu'est-ce que je m'amuse! Eddie, le feu follet est quelque part entre Cancún et Playa del Carmen!

— Il ne nous reste plus qu'à trouver le phare pour savoir exactement où il se trouve…

En effectuant des recherches à partir de plusieurs mots combinés, ils finirent par découvrir qu'un vieux phare, qui s'était penché au fil des ans sous l'assaut des tempêtes, était l'emblème d'un bourg de pêcheurs, lequel se trouvait justement dans la zone concernée. Le village qui s'appelait aujourd'hui Puerto Morelos était autrefois connu sous l'appellation de Punta Corcho, ce qui signifiait la Pointe du Liège.

— *Un phare penché sur une pointe de liège,* récita Edwin. Nous tenons notre feu follet!

Bou consulta la base de données du gouvernement mexicain où il trouva des centaines d'adolescents qui fêteraient comme Edwin et Aix leur treizième anniversaire le quatorze septembre. Et, dans le groupe, il y en avait un et un seul qui habitait actuellement à Puerto Morelos. Il s'agissait d'un garçon qui répondait au nom de Fuego Sueño et était né à sept heures précises du matin, à l'heure de Mexico. Ce qui correspondait à midi d'après le temps universel.

— C'est lui ! lança Edwin.

— Appelons-le !

Quelques clics plus tard, Balthazar avait déniché sur les pages blanches mexicaines le numéro de téléphone de l'unique famille Sueño de Puerto Morelos. Comme l'espagnol était une langue que Bou connaissait plutôt bien, ils décidèrent que ce serait lui qui établirait la communication.

— Que dois-je dire ? demanda-t-il.

Après réflexion, Edwin répondit :

— Commence par te présenter et dire que tu habites Montréal. Dis que nous possédons des informations importantes qui le concernent et que nous allons très bientôt aller le voir pour les lui divulguer. Précise que nous lui voulons du bien. Recommande-lui de ne pas oublier nos noms et assure-le que tu ne peux pas en dire plus pour l'instant.

Balthazar composa le numéro. Après une dizaine de sonneries, il raccrocha.

— Bogue ! Il n'y a personne et ils n'ont pas de répondeur.

— Nous essaierons ce soir. Allons manger chez moi, mamie a préparé du poulet grillé.

Il hocha la tête en se léchant les babines.

Après le repas, les garçons montèrent à la chambre d'Edwin pour appeler chez le feu follet. Un homme répondit. Le cœur battant, Bou demanda à parler à Fuego Sueño. L'interlocuteur annonça que son fils était parti jouer au ballon, qu'il s'agissait d'une compétition et qu'il ne rentrerait qu'à vingt-trois heures. Déçu, Bou raccrocha.

— Tu aurais pu laisser un message pour Fuego ! lui reprocha Edwin.

— Zut ! J'étais à la fois excité et déçu et je n'y ai pas pensé… Je m'excuse. Mais ce n'est pas trop grave, puisque nous allons rappeler plus tard.

— Non, Bou. Ça ne se fait pas, d'appeler chez les gens à onze heures du soir. Surtout qu'il sera minuit ici et que je serai couché bien avant. J'ai hâte de retrouver nos acolytes Oneiros ! Nous parlerons donc à Fuego quand nous irons le trouver dans son rêve.

Ils se donnèrent rendez-vous dans la Zone onirique et Balthazar rentra chez lui. «J'espère que je réussirai à intraférer ma sphériole cette nuit», se disait-il.

8

Un petit mouchard

Edwin s'endormit en posant la tête sur l'oreiller. Il jaillit du parcmètre et arriva sur l'esplanade. Comme d'habitude, Zoneira grouillait de vie. Partout, des Oneiros de toutes les dynasties discutaient sur place ou se promenaient en marchant, en glissant, en courant ou en volant.

— Eddie ! appela une voix familière.

Edwin vit venir vers lui une fille inconnue, où plutôt une éléone qu'il n'avait jamais vue sous cette apparence. Cette nuit, Aix Nocturn lui arrivait aux épaules, elle avait des cheveux roux ondulés qui lui descendaient jusqu'à la taille et ses yeux vairons étaient ambre et marron.

Un chien jappa. Ils se retournèrent. Un boxer roux avec un foulard noué autour du cou galopait vers eux. Quand il les rejoignit, l'écharpe se détacha et se mua en ballon multicolore.

— Bonne nuit Aix, Ardor et Peccadille! lança Edwin.

— La journée a été bonne? demanda dame Bagatelle.

— Fameuse! Figurez-vous que Bou et moi avons résolu les énigmes du parchecret. Nous savons où se trouvent les trois autres portefaix et nous connaissons même l'identité de l'un d'eux.

— C'est vrai? Duquel? De celui des souks de Marrakech, des traboules de Lyon ou du vieux phare de Puerto Morelos? demanda Aix en plissant les yeux avec malice.

— Vous avez aussi trouvé! se réjouit Edwin.

— Oui, sauf que nous ne connaissons aucun des noms.

— Enfin te voilà! lança une voix dans leur dos.

Chape Doëgne venait d'émerger de l'arrêt-passonge. Il salua le petit groupe d'un hochement du menton, plissa le front avec inquiétude et observa Edwin avec gravité. Le garçon en fut intimidé.

— Damoiseau, je n'irai pas par quatre passonges. Ce matin, après ton départ, j'ai regagné mon observatoire pour récupérer ta musette de tréfonds-trucs. Comme tu le sais, les choses intraférées par les rêveurs ne peuvent pas franchir la glume à leur réveil. J'avoue qu'après la surprise d'hier je n'ai pas été étonné que le sieur Klibi me dise qu'il ne t'avait pas vu extraférer ton étoile. Mais j'ai été abasourdi d'apprendre que ta musette n'était pas revenue à Bulle-Unie.

Aix sursauta, Ardor glapit et Peccadille émit un bruyant borborygme. Edwin les considéra avec étonnement. Puisqu'il avait conservé sa volumineuse sphériole – il sentait sa présence vivifiante en lui –, à plus forte raison pouvait-il avoir gardé la minuscule bourse. Non ?

Comme s'il avait lu ses pensées, l'ange secoua la tête et dit :

— Non. Je peux accepter qu'une sphère de puissance aussi ancienne que la tienne ait assez d'énergie pour rester dans ton cœur, mais, pour ce qui est du sac, c'est incompréhensible !

— La musette s'est peut-être retrouvée au bureau des objets perdus ? suggéra Ardor.

— J'ai déjà vérifié et elle n'y est pas, répondit le gardien.

— Où se trouve-t-elle, alors ? demanda Aix.

Tous fixèrent Edwin avec crainte. Il s'inquiéta : « Comment ai-je pu égarer ma musette de tréfonds-trucs ? »

— Elle n'est pas égarée, elle est juste à côté de moi, lui transmit Æth.

C'était donc ce qu'il pensait : il l'avait conservée, comme sa sphériole !

— C'est vrai, souffla Æth, ta musette n'a pas pu sortir quand tu as atteint la glume. Je n'avais jamais vu ça ; elle est demeurée prisonnière, comme moi.

Edwin se désola.

— Je ne veux rien dérober et je ne veux surtout pas vous retenir contre votre gré !

Son étoile le rassura :

— Oh ! mais ne t'en fais pas ; je suis très bien, en toi.

Il lui demanda s'il y avait autre chose qu'il cachait ainsi sans le savoir.

— Allez, il est temps de sortir ta musette, éluda Æth. Mais tâche de n'extraférer qu'elle. Je n'ai pas envie de sortir, moi !

Edwin canalisa ses pensées sur la petite bourse. Quand il sentit qu'elle allait sortir, il allongea un bras devant lui. Un jet lumineux jaillit de sa poitrine, percuta sa paume et y déposa la musette, sous le regard ébahi des Oneiros. Intimidé par son exploit qui pour lui n'en était pas un, Edwin fouilla le sac aplati, sortit ses auranocles et son iniphone, enfila les premières et avala l'autre. Lorsque finalement il reporta son regard sur ses compagnons, il ne put retenir un éclat de rire devant leur air encore plus défait que stupéfait.

— Mais qui es-tu donc, damoiseau? dit Chape Doëgne sans sourire. Il y a des moments où tu me fais peur.

Edwin ne sut pas quoi répondre, mais il s'efforça de reprendre son sérieux.

L'ange s'apprêtait à regagner son observatoire quand son second l'informa que Balthazar était arrivé dans sa strate. Il partit le chercher. Edwin demanda le parchemin à Aix.

— Tu ne veux pas le questionner, dis? répliqua-t-elle.

— Bien entendu! Il faut qu'il nous dise comment atteindre les autres portefaix.

— Ah non! Il n'est pas question de le laisser encore tergiverser pendant des heures!

— Mais… comment veux-tu les trouver?

— Ce sera plus rapide avec ça! annonça l'éléone en brandissant sa dynamappe.

— C'est vrai… Voulez-vous connaître le nom de celui que nous avons identifié?

Ardor jappa, Peccadille sautilla et Aix tapa des mains.

— C'est le feu follet de Puerto Morelos. Il s'appelle Fuego Sueño.

— Zut! fit Aix. J'aurais préféré la colombe ou l'andrène, qui sont dans des villes bien plus populeuses. Mais, bon! vous avez fait de l'excellent travail! Allez! Il est temps d'entamer les recherches. Voyons où se trouve la colombe.

Ce disant, elle avait déployé sa dynamappe.

— On ne commence pas par Fuego Sueño? s'étonna Edwin.

— Non, répondit Peccadille. Il vaut mieux aborder les portefaix selon l'ordre dans lequel ils entrent dans la Zone, c'est-à-dire en partant de l'est pour revenir vers l'ouest. Ainsi, nous profiterons au maximum du temps de sommeil de chacun et nous aurons plus de chance de les convaincre tous cette nuit. Nous devons donc d'abord trouver le portefaix de France, puis celui du Maroc, et terminer par celui du Mexique.

Aix demanda à sa dynamappe de localiser le portefaix-colombe dont le rêve se déroulait en ce moment dans les traboules de Lyon.

De sa voix neutre, l'appareil récita la réponse qui venait de s'afficher sur son disque:

« *Portefaix-colombe: individu inconnu. Individu inconnu qui se trouve dans les traboules de Lyon: description renvoyant des milliers de résultats. Dois-je en afficher la liste?* »

Aix referma sa dynamappe d'un claquement sec.

— J'aurais dû y penser, bougonna-t-elle, il n'y a pour l'instant que le parchecret qui connaît l'identité de la colombe. Et ce savant phraseur ne nous aidera pas volontiers à la découvrir. Pff !

Balthazar arriva, accompagné de Chape Doëgne. Il n'avait pas l'air hagard de celui qui vient de sombrer dans le sommeil, mais il semblait d'humeur maussade. L'ange dit :

— Pour ne pas vous faire perdre de temps, j'ai rappelé au jeune Canier qui j'étais et où il se trouvait, et nous avons déjà fait une tentative d'intraférage.

Les acolytes comprirent qu'il avait échoué. Edwin lui tapota l'épaule et tenta de le réconforter.

— Tu vas y arriver cette nuit, je le sens.

Balthazar leva la tête pour admirer les innombrables sphères irisées. Il espéra qu'il dît vrai et que l'une d'elle accepterait bientôt de venir briller dans son cœur.

Edwin redemanda le parchemin à Aix qui le désapprouva aussitôt.

— Tu te rends compte du temps qu'on va perdre s'il faut attendre que ce discoureur exagérément prolixe nous dévoile à la miette la position ou l'identité de chaque portefaix, avec inévitablement une longue devinette à déchiffrer pour chaque miette ?

— Ce n'est pas ça. J'ai une idée.

Aix fouilla dans sa poche. La plupart des vêtements oniriques possédaient une musette de

tréfonds-trucs intégrée ; c'était très pratique…
sauf quand on oubliait de tout transférer au
moment de se changer. Elle tendit le parchemin
à Edwin. Il le déroula et lui demanda d'afficher
toutes les énigmes de la veille qui concernaient
le portefaix-colombe.

Dix mètres derrière les acolytes, une minuscule fée assise sur le toit d'une gloriette les épiait.
Quand elle vit Aix tendre un tube clair au jeune
Robi, elle redoubla d'attention et se réjouit en
voyant le garçon dérouler ce qui s'avéra un
parchemin transparent : « L'Ombre a dit vrai !
pensa-t-elle. Ils ont un nouvel instrument. »

La fée entendit la question d'Edwin et, à voir
ses amis et lui parcourir le vélin des yeux en
marmonnant, elle comprit qu'une réponse
s'y était affichée. Mais, d'où elle était, la fée
ne voyait qu'une surface translucide. Elle
s'avança au bord et se retint en plantant ses
griffes métalliques dans le toit. Mais elle ne
vit toujours qu'une page vide. Même si c'était
risqué, elle devait faire un vol de reconnaissance. Elle s'élança dans les airs et survola le
groupe de haut. Elle ne découvrit rien. Il fallait
qu'elle s'approche davantage. Elle se laissa descendre sans faire bruisser ses ailes.

Dès qu'elle entra dans l'espace vital de l'un d'entre eux, ce champ invisible qui entoure chaque individu et qui délimite sa bulle privée, la petite femme ailée vit apparaître sur le parchemin un long texte qui disparut à ses yeux deux battements d'ailes plus tard quand elle sortit de la sphère psychique des acolytes. «Zut!» Elle ne pouvait pas se permettre de revenir et de s'attarder pour lire; elle risquait d'être remarquée. S'ils la voyaient, ils ne manqueraient pas de la reconnaître à ses ongles d'argent. Le sortilégeois travesti en fée alla vite rapporter ce qu'il avait vu à ses compères.

«*La colombe est pure, candide et avide de bonté. Elle aspire à la paix. Elle exprime la paix. Écoutez-la et elle vous mènera vers la quiétude.*

La sage colombe est prudente à l'extrême et se montrera des plus sceptiques.

La colombe aime la colline de Lug, mais elle préfère le V du vieux. Imitant les ouvriers qui protégeaient leurs soyeuses étoffes des intempéries et les insurgés qui se déplaçaient à l'abri des autorités, ce portefaix prend des raccourcis et franchit courettes et pâtés en un instant.»

Après avoir bien lu les énigmes, Edwin demanda à ses amis :

— Êtes-vous persuadés comme moi que la colombe est une fille ?

Tous hochèrent la tête.

— Sans le moindre doute, renchérit Aix. Tandis que l'andrène et le feu follet sont des garçons.

Edwin prit sa dynamappe et formula la requête qu'il venait de composer avec soin.

— Je veux que tu localises une adolescente lyonnaise. Elle aura treize ans le quatorze septembre prochain. C'est une jeune fille simple, calme et prudente, probablement très craintive. Elle rêve fréquemment à la colline de Lug, qui s'appelle maintenant Fourvière, mais elle rêve encore plus souvent qu'elle se balade dans les traboules du 5e arrondissement. Indique-moi la strate où elle rêve en ce moment.

« *Cette damoiselle n'est dans aucune strate en cours d'enregistrement* », répondit l'appareil.

— Tu sais donc de qui il s'agit ! s'exclama Edwin. Dis-moi son nom et indique-moi quand et où tu l'as vue pour la dernière fois !

La dynamappe montra d'anciens bâtiments en pierres, dont l'un d'eux avait un coin orné d'une statuette qui figurait un bœuf. De sa voix flegmatique, elle récita le texte inscrit au bas de son écran : « *Strate U-548 : Éolie Somne, Place du Petit-Collège du vieux Lyon, archive créée aujourd'hui à 02 h 52 T.U. et terminée à 03 h 01.* »

— Éolie Somne… murmura Aix.

— D'après le temps universel, il est trois heures treize, dit Ardor. Zut ! Nous l'avons ratée de peu !

— Il fait toujours nuit en France, nota Peccadille. Éolie Somne va bien rêver encore une fois, peut-être même deux, voire trois. Nous ne savons cependant pas dans combien de temps elle va réintégrer une strate. Il vaut mieux chercher le portefaix marocain.

Edwin préféra demander d'abord au parchemin quel était le meilleur moment pour partir à la recherche de l'andrène. Le texte qui concernait la colombe s'effaça et une charade apparut sur la surface de cuir souple :

« *Mon premier est un terrain produisant de l'herbe.*

Mon second est un liquide visqueux, rouge, vital.

Mon troisième est un pronom personnel.

Mon quatrième affirme ce qu'il sait être faux. Il…

Mon tout est un adverbe de temps. »

— La première syllabe est pré ! s'exclama Bou. C'est facile !

— Balthazar! gronda Aix. Arrête de faire ça immédiatement!

— Quoi?

— Lire par-dessus mon épaule. Je déteste tellement ça!

— Pardon, ô portefaix Nocturn! se moqua Bou en faisant un pas de côté.

Mais il n'arrêta pas pour autant d'étirer le cou vers elle pour consulter le parchemin. Sans se préoccuper de l'irritation de la damoiselle, il annonça que le liquide vital était le sang et ajouta que la liste des pronoms personnels incluait les je, me, moi, lui, eux, leur, et cætera.

— La réponse est *pré-sang-te-ment*! s'empressa d'affirmer Aix. Présentement!

— Il est vrai que les adverbes n'ont aucun secret pour toi… dit Bou, moqueur.

— C'est présentement le bon moment, reprit Peccadille. Ne perdons pas de temps.

Edwin demanda au parchecret d'afficher les énigmes qui concernaient le portefaix marocain.

« *L'andrène est un bourdon solitaire qui creuse son nid dans la terre, vigoureux comme un arbre et imperturbable comme la pierre. Détermination et force coulent dans ses veines.*

L'andrène sera le plus facile à convaincre, mais il faudra d'abord le débusquer.

L'andrène s'est exilé dans les célèbres dédales de la perle du sud où il offre des fruits oblongs, entouré de conteurs et de charmeurs, de marchands et de charlatans.»

Après réflexion, Edwin questionna sa dynamappe.

— Indique-nous la strate où est en train de rêver un adolescent qui aura aussi treize ans le quatorze septembre prochain. Il est fort, brave et calme et il se complaît dans la solitude. Il est dans les souks de Marrakech et il y a bien des chances qu'il soit marchand de fruits.

La réponse ne se fit pas attendre : « *Strate T-8321 : Jandal Nawm, souk Ableuh de Marrakech, rêve en cours d'enregistrement*», annonça l'appareil tout en affichant le songe en question.

Des images aussi claires que la réalité défilèrent sous leurs yeux. Mais une réalité qu'ils auraient vue de très haut, à vol d'oiseau. Sur l'écran apparaissait en modèle réduit la totalité des marchés de Marrakech où grouillaient une multitude de gens plus petits que des grains de sel. Dans un souk appelé Ableuh, en bordure de l'agglomération marchande, clignotait un nom : *Jandal Nawm*.

— Fais un gros plan sur Jandal Nawm, commanda Aix à la dynamappe.

L'appareil zooma à travers un labyrinthe de ruelles et approcha son objectif d'une cour où se trouvaient des paniers de fruits, des sacs de jute, des étagères garnies de pots, des tonneaux et un bœuf attelé à une charrette. Au milieu de tout ça s'allumait et s'éteignait sans arrêt le nom du rêveur. Mais il n'y avait personne.

— Où est-il exactement ? demanda encore Edwin.

L'image de la dynamappe se rapprocha jusqu'à ce qu'on ne voie plus que « *Jandal Nawm* » qui clignotait au milieu de l'écran sur un fond beige. Le beige du sol sablonneux. Que du sable et un nom, mais aucun garçon.

— Le rêveur est pourtant là ! s'exclama Ardor.

— Bizarre… murmura Aix.

— Ne perdons pas de temps à chercher son image et visitons plutôt son esprit, dit Peccadille.

Elle demanda à l'appareil de faire apparaître le plus court itinéraire pour rejoindre cette strate. La réponse ne les enchanta pas. Il fallait emprunter trois passonges et le dernier débouchait sur la représentation onirique de la vaste place Jemaa El Fna à plus d'un kilomètre du souk Ableuh.

— Ne pouvez-vous pas faire apparaître un passonge à côté de lui ? demanda Balthazar.

— Bien sûr, répondit Peccadille, tout aiguilleur le peut. Il faudrait juste aller dans un observatoire et utiliser un créateur de passonge. Mais nous ne le ferons pas. Ça risquerait de perturber les créatures imaginaires et du même coup le rêveur qui les a créées.

— Nous nous apprêtons à infiltrer le rêve de quelqu'un qui n'a pas prévu notre présence, ajouta Aix. Il nous faudra demeurer discrets et se fondre dans le décor sans faire de vagues.

— Qu'est-ce que ça veut dire? demanda Bou.

— Ça veut dire pas de lévitation, ni de métamorphose, ni rien qui puisse attirer l'attention.

— Zut! fit Edwin. Moi qui aime tant voler en rêve!

— Pas cette fois, reprit Aix. Ça pourrait effaroucher Jandal Nawm.

— Quant à toi, jeune Canier, dit Ardor, si tu te sens étourdi ou le moindrement confus, empresse-toi de bondir de réveil.

— Bogue! C'est toujours moi qu'on chasse!

Peccadille prêta des auranocles à Bou et ils sautèrent dans le parcmètre.

Quelques minutes et trois passonges plus tard, ils émergèrent d'un bocal d'extrait de quinquina sur l'étal d'un apothicaire. La place Jemaa El Fna était en pleine effervescence. Partout des chauffeurs impatients, des livreurs pressés, des clients intraitables, des marchands zélés et des touristes nonchalants étaient en compétition pour l'espace. Les voitures bloquées par les piétons klaxonnaient pour réclamer le passage. Des conducteurs de calèches s'attardaient pour tenter de séduire les promeneurs, tandis que du haut de leurs charrettes tirées par des chevaux, des ânes ou des bœufs, les coursiers pestaient contre les vélos et les mobylettes qui leur coupaient la route. C'était le désordre total !

— Il y a quelques éléons et végimaux, mais beaucoup d'êtres imaginaires, fit remarquer Ardor.

— Faites attention de ne pas les brusquer, conseilla Peccadille.

L'entrée des marchés était au-delà de l'esplanade et pour l'atteindre les acolytes devaient se frayer un chemin à travers les flots de véhicules et la marée d'hommes et de femmes qui tous portaient la djellaba, cette robe à manches longues typique des pays arabes.

— Nous allons peut-être être séparés, nota Aix. Vous voyez le drapeau rouge avec un pentacle vert à l'orée des souks? Ce sera notre point de ralliement.

— Pourquoi me regardes-tu en disant ça? s'offusqua Bou.

— Pour rien! Alors, rendez-vous là-bas. Et avec discrétion.

9

Un labyrinthe

Balthazar portait sur la tête Peccadille transformée en turban multicolore. Alors qu'il tentait de suivre Edwin et Aix, il dut bondir pour éviter d'être écrasé par un bœuf tirant une carriole. Quand il regarda devant, il ne vit plus ses amis qui avaient été avalés par la foule.

— Nous les avons perdus !

— Ça va aller, souffla Peccadille, je suis là.

Un chien jappa à côté d'eux. Bou fut heureux de constater qu'il s'agissait d'Ardor. Celui-ci approcha sa truffe de son oreille et murmura :

— Je reste aussi avec toi et je ne te quitterai pas.

Pour sceller sa promesse, il lui passa un coup de langue depuis le menton jusqu'au front.

— Beurk ! Ne fais pas ça, Ardor, c'est dégueulasse !

— Tu sauras qu'il y a pire… pouffa l'aiguilleur.

Bou retira sa ceinture, la boucla au cou du chien et enroula l'autre bout autour de sa main.

— Il faut maintenant atteindre le drapeau, dit-il.

☪✶☪

Edwin et Aix s'étaient d'instinct pris par la main et avaient entrepris de traverser la place en ligne droite, ce qui constituait évidemment le plus court chemin. Ils croisèrent des tatoueuses qui, avec une teinture à base de henné, effectuaient de fins dessins délébiles sur la peau des mains et des pieds de leurs clientes, et même sur le visage de certaines. Comme ils les dépassaient, Edwin sursauta. Une *figurante* venait de s'emparer de sa main pour lire son avenir dans les sillons de sa paume. La chiromancienne imaginaire refusait de lâcher prise, mais, par une traction modérée et constante, Aix parvint à le libérer. Ils se retrouvèrent devant un homme qui agitait une cloche en criant :

— De l'eau ! Qui veut de l'eau ?

Il ne portait pas la djellaba, mais un chaud manteau de lainage coloré et un chapeau rouge au large bord qui ressemblait au sombrero mexicain. Sa veste était recouverte d'un plastron de cuir auquel s'accrochaient diverses coupelles de fer blanc. Le plus intriguant, c'était l'énorme outre noire qu'il portait en bandoulière : elle était constituée d'une peau de bouc entière ; pour la confectionner, on avait utilisé tout l'épiderme de la bête, du bout des pattes au cou, en y laissant même les longs poils. Le bonhomme offrait ainsi l'eau de son curieux contenant contre quelques dirhams.

— Pouah ! grimaça Edwin. On m'offrirait un million que je n'en boirais pas une goutte ! Rien que d'y penser, j'ai le ventre qui gargouille !

Ils atteignirent l'autre côté de la place et gagnèrent l'endroit où pendait l'étendard marocain. Les autres n'étaient pas arrivés. Ils s'enfoncèrent dans l'ombre d'un kiosque et les attendirent.

Balthazar et les aiguilleurs dépassaient un amuseur de rue qui jonglait avec des théières argentées aux longs becs, quand Ardor souffla au garçon :

— Tu dédaignes mes coups de langue ? Là, tu vas être servi !

Il tira sur sa laisse et l'entraîna vers une table où étaient exposés des bocaux remplis d'objets blancs, jaunes, noirs et rouges, de forme indéfinissable à première vue.

— Avez-vous mal aux dents? demanda le propriétaire de l'étal en flairant un client potentiel. Je peux vous régler ça rapidement et presque sans douleur.

«Un dentiste en plein air?» s'étonna Bou. Il frissonna en voyant que les trucs dans les pots étaient des dents, quelques-unes saines et immaculées, plusieurs jaunies, la plupart gâtées, toutes avec leurs racines rendues cramoisies par le sang coagulé. Il frémit à nouveau quand le soi-disant dentiste saisit une impressionnante seringue de métal armée d'une aiguille grosse comme un clou de charpente et qu'il la remplit d'un liquide douteux tiré d'un pot poussiéreux identifié : *anesthésique.* De son autre main tremblante, l'arracheur de dents empoigna des pinces si maculées qu'elles semblaient sortir de dessous le capot d'une voiture. Avec un sourire édenté, il invita l'adolescent à s'asseoir sur une couverture que bien des pieds avaient foulée.

— Euh… non, merci, ça va très bien pour moi!

Bou tira sur la laisse, mais Ardor refusa de partir.

— Dans ce cas, peut-être aimeriez-vous acheter des dentiers pour un parent âgé? insista le charlatan.

Il ajouta en ouvrant un pot rempli de chicots :

— Ou, si vous préférez les fabriquer vous-même, j'ai ici un vaste choix de pièces qui pourraient s'adapter à n'importe quelle bouche fine !

Bou devint blanc comme un drap. Ardor accepta enfin de quitter le dégoûtant spectacle et de poursuivre la route. Balthazar releva ses lunettes pour s'essuyer les yeux et le front.

— Ouf ! J'espère que cet hurluberlu n'existe que dans l'imagination du rêveur !

Son regard fut attiré par un dompteur qui faisait sauter des chats à travers des cerceaux. Il entraîna les aiguilleurs de ce côté.

— Ouah ! Je ne veux pas aller là ; je déteste ces bestioles ! gémit le chien.

— Ne me dis pas qu'un grand gaillard comme toi a peur des petits chatons ! se moqua Bou. Je te rappelle qu'il s'agit d'acteurs de la même dynastie que toi.

— Remets tes auranocles sur ton nez, répliqua le chien en grognant, et tu verras que ces félins ne possèdent pas d'aura. Ce ne sont pas des Oneiros.

— Oui, partons, souffla le turban, allons retrouver nos amis.

Bou constata effectivement qu'aucun halo n'émanait des chats. Il regarda autour d'eux. Le dompteur ainsi que certains marchands affichaient l'aura éléone et quelques serpents, singes et chameaux présentaient celle des végimaux, mais la plupart des gens et des animaux, comme les chatons, ne diffusaient rien.

— Pourquoi n'ont-ils pas d'aura?

— Dans les rêves, expliqua dame Bagatelle, seuls les rôles importants sont tenus par des Oneiros et les figurants sont quant à eux formés par l'imagination du rêveur. Ce sont des êtres imaginaires. Ils sont irréels et imprévisibles.

— Voilà pourquoi je ne les apprécie pas, grogna le sieur Kerber. Surtout quand ils incarnent des créatures munies de crocs et de griffes…

De loin, Ardor salua l'acteur qui incarnait le dompteur de chats et le félicita par télépathie pour son courage. L'éléon esquissa un sourire contrit; il le remercia et précisa qu'il ne faisait que son boulot, mais il avoua qu'il n'appréciait pas cette situation où l'avait plongé le rêveur; il avait été sauvagement mordu et griffé plusieurs fois depuis le début du songe.

Il lui tardait que le jeune Nawm bondisse de réveil.

— Vous voilà enfin! grommela Aix qui tapait du pied.

Elle fulminait. Cherchant à l'amadouer, le chien pencha la tête de côté, agita la queue et arqua son corps comme s'il voulait épouser le contour d'une colonne invisible.

— Chers amis, dit-il, sachez que notre retard est involontaire et que nous le regrettons. Mais je constate que le temps file et, pour ne pas en perdre davantage, je propose que vous remettiez l'éclat de votre colère à plus tard et que nous pénétrions sans tarder dans ces souks où se terre un portefaix!

Lèvres pincées, Aix lui tourna le dos et fonça vers l'entrée du marché couvert. Edwin sourit à Ardor et la suivit. Bou détacha le chien et lui murmura:

— Merci. Tu nous as permis d'échapper à une terrible gueulante!

— Hum… Connaissant Aix, je crois que ce n'est que partie remise…

Bou lui caressa le cou et courut rejoindre son copain, dame Bagatelle toujours sur sa tête. Derrière lui, deux rangs du turban s'écartèrent pour former une bouche et Peccadille souffla :

— Holà, le traînard ! C'est moi qui ferme la marche. Toi, tu es censé l'ouvrir !

Ardor s'élança dans les souks en jappant :

— Aix, je m'excuse ! Je ne le ferai plus… Eh ! Attendez-moi ! Je dois être le premier ! Ouah !

Les acolytes pénétrèrent dans un étroit passage au-dessus duquel on avait suspendu des treillages de roseau qui filtraient les rayons du soleil. Il y avait foule. Les damoiseaux furent aussitôt interpellés par un maroquinier qui leur proposa des portefeuilles de cuir, des ceintures et une laisse. Ils le dépassèrent en le remerciant poliment. Son voisin, un apothicaire, leur offrit aussitôt ses produits. Comme ils l'ignoraient, il les suivit en vantant les mérites de l'extrait de rose, de la menthe et de l'ambre parfumé et il n'abandonna que lorsque le marchand suivant prit la relève et les pressa à son tour d'essayer ses babouches, qu'il disait être les plus confortables du pays.

Aix s'arrêta à la première intersection.

— Demeurons discrets et tâchons cette fois de rester groupés, dit-elle.

— Formez un cercle autour de moi, murmura Peccadille.

L'étoffe glissa lentement de son promontoire, tout en se transformant en une longue corde qui alla s'enrouler autour de la taille des damoiseaux et du cou d'Ardor. Tels des bambins de maternelle en promenade derrière un chien, devenus sourds aux appels insistants des commerçants, les acolytes reprirent leur route.

Les souks de Marrakech formaient une vaste cité dans la cité où s'entrelaçaient une multitude de rues étroites et d'impasses qui accueillaient une quarantaine de milliers d'artisans. Chaque corps de métier y avait son quartier. En périphérie, c'était les marchands d'alimentation, de même que ceux qui offraient des produits peu onéreux comme la maroquinerie et certains vêtements. On retrouvait au centre le marché aux épices, les produits de luxe comme les bijoux et la soie, et tout ce qui concernait les soins du corps. Des ruelles qui s'éloignaient du cœur menaient aux commerces des dinandiers, selliers, vanniers, menuisiers, tisserands et autres, tandis que ceux qui requéraient beaucoup d'espace, comme les tanneries, les ateliers des potiers et le marché de chameaux, étaient relégués à l'extérieur de l'enceinte.

Ils franchirent un autre croisement. Aix protesta en voyant qu'Ardor continuait tout droit.

— Le souk Ableuh se trouve à gauche. Nous y arriverons plus vite si nous tournons ici.

— Il existe plusieurs chemins, bien sûr, répondit l'aiguilleur, mais je ne les connais pas bien et en cherchant à prendre un raccourci nous risquerions de nous tromper et de perdre du temps plutôt que d'en gagner. Je préfère donc passer par les artères principales où je pourrai mieux m'orienter.

Bou demanda pourquoi ils ne se servaient pas d'une dynamappe.

— Pour risquer d'effrayer Jandal Nawm et qu'il nous file entre les pattes? répliqua Aix. Pas question! Mis à part les iniphones et les auranocles, personne n'utilise un instrument propre à la Zone onirique dans les rêves! Maintenant, silence, ou nous allons attirer l'attention des figurants.

— Hé! Je n'ai pas d'iniphone, moi! fit remarquer Bou.

— Tu en recevras un quand tu auras intra-féré une sphériole.

Vexé, Bou se tut. Les acolytes franchirent une autre intersection, longèrent plusieurs échoppes et quelques portes cochères, dépassèrent une énième venelle sans issue où s'entassaient de petites boutiques et aboutirent à un grand carrefour en étoile. Sur cette placette s'éparpillaient sans ordre des étals qui présentaient des monticules multicolores. C'était le marché des épices.

Ils poursuivirent leur chemin sur l'artère principale et dépassèrent des commerces de toutes sortes. Ici, on vendait de la laine et des peaux de chèvres et de moutons. Là, on cédait des tapis aux plus offrants, dans une vente aux enchères permanente. Plus loin, ce fut le marché des menuisiers où un homme assis par terre fabriquait des brochettes : il faisait tourner une tige de bois à l'aide d'un archet et lui donnait la forme désirée avec un burin qu'il tenait de son autre main et qu'il dirigeait avec ses orteils. Dans une enceinte scintillante et dorée, ils trouvèrent le marché des bijoutiers, qui affichaient à la fois un sourire séduisant pour attirer les acheteurs et un regard menaçant pour effrayer les voleurs.

Les deux garçons étaient proprement émerveillés de voir toutes les marchandises étalées. Jamais ils n'auraient soupçonné l'existence d'un pareil marché public, aussi vaste et offrant autant de variété. Malgré l'apparence d'ordre qui semblait présider au regroupement des commerces par genre, le mélange des étalages bigarrés et la propreté douteuse des lieux, alliées à la multitude des chalands bruyants, avaient tout du désordre le plus complet. Et, pour une fois, Edwin et Bou se félicitaient que le sens de l'odorat soit absent de la Zone.

— Attention ! lança Ardor.

— Dégagez! cria une jeune voix devant eux.

Ils virent foncer sur eux une mule lourdement chargée, chevauchée par un garçon.

— Dégagez! répéta le jeune muletier sans ralentir.

La bête et son fardeau occupaient presque toute la largeur de la ruelle, si bien que les gens devaient s'écraser contre les murs pour la laisser passer. Son dos et ses flancs étaient couverts de caisses rouges qui contenaient des bouteilles d'une boisson brunâtre. Bien que la marque nominale fût écrite en arabe, les garçons reconnurent le logo d'un pétillant et célèbre breuvage à base de feuilles de coca et de noix de cola vendu mondialement.

Le mulet était presque sur eux et il semblait que rien ne puisse le contraindre à s'arrêter, surtout pas l'insignifiante présence d'un chien et de trois adolescents reliés par une cordelette. Ardor, Aix et Edwin se plaquèrent contre un mur pendant que Balthazar tentait d'atteindre celui d'en face, si bien que, tendue d'un côté à l'autre de la ruelle, Peccadille fut forcée de lâcher prise brusquement; elle claqua sur le torse d'Edwin comme un élastique. Il était moins une. La mule arrivait et elle tenait tant de place que Bou se fit bousculer par les caissons.

— Attention! cria dame Bagatelle tout de suite après son passage.

Une autre mule arrivait, chargée celle-là de peaux de chèvres dégoulinantes qui sortaient des bacs de teintures. Elle était encore plus chargée que la précédente et sa cargaison occupait toute la largeur de la venelle, si bien qu'elle en frôlait les murs. Peccadille enlaça Aix, Edwin et Ardor et les entraîna dans le renfoncement d'une porte cochère.

De l'autre côté, Balthazar chercha un endroit où se cacher, mais il n'en trouva pas. Les peaux détrempées le plaquèrent contre le mur et le mouillèrent de la tête à la ceinture. Coincé entre la muraille et le mulet, il fut entraîné avec son chargement et ce n'est qu'à une intersection qu'il fut libéré. Là, comme il n'y avait plus de cloison pour le retenir, il tomba à la renverse dans une carriole qui passait et qui l'emporta.

10
L'andrène

Ballotté en tous sens sur un lit de figues fraîches, Balthazar n'arrivait pas à se relever. L'homme qui tirait la charrette ne tarda pas à sentir que son fardeau s'était alourdi. Il s'arrêta et le découvrit.

— Tu écrases ma cargaison, garnement! Ça ne se passera pas comme ça…

Il se mit à lui lancer des fruits. Bou déguerpit. Il courut sans se retourner jusqu'à ce qu'il atteigne une intersection. L'homme ne l'avait pas suivi. Le garçon étudia la croisée en étoile, mais il ne la reconnut pas. «Où suis-je? Je croyais pourtant avoir refait le chemin en sens inverse…» Il tourna sur lui-même en appelant ses amis, mais n'obtint aucune réponse. Les acteurs et les figurants poursuivaient leurs activités sans lui accorder un regard. Il n'avait aucune idée de la route à prendre. En désespoir de cause, il pointa un doigt vers une allée et récita mentalement une comptine en désignant alternativement les chemins possibles, au rythme des syllabes : « *Un, deux, trois, quatre. Ma petite mule a mal aux pattes. Tirons-la par la queue, et elle ira mieux, dans un jour ou deux.* » Au dernier mot, son doigt s'arrêta sur la ruelle la plus étroite.

Ses amis n'avaient pas bougé. Ils cherchèrent Balthazar des yeux parmi la foule qui avait envahi la voie aussitôt après le passage du deuxième muletier, ils l'appelèrent à maintes reprises, mais sans résultat. Aix se dissimula derrière Edwin pour consulter sa dynamappe discrètement.

— Il s'enfonce dans un réseau tortueux. Impossible de le rattraper.

— Que va-t-il lui arriver ? s'inquiéta Edwin.

— Le réveil est là pour lui offrir une porte de sortie, le rassura Peccadille.

Ils reprirent leur progression.

— Nous ne sommes plus loin des marchés de denrées alimentaires, annonça Ardor.

Après une série qui lui parut interminable de venelles, de tournants et de passages, Balthazar déboucha sur une place déserte entourée d'étals où s'entassaient des paniers de dattes fraîches, des sacs de noix et de légumineuses, des pots de cornichons et de piments, ainsi que des tonneaux d'olives de toutes les couleurs. À côté des barils se trouvait une charrette pleine de citrons jaunes à laquelle était attelé un gros bœuf impassible aux longues cornes incurvées. Bou se réjouit :

— Je n'ai peut-être pas de sphériole, mais j'ai trouvé l'endroit ! C'est Aix qui va être surprise !

Il avait reconnu la charrette, les tables et les barriques, ces objets mêmes qui étaient apparus sur la dynamappe avant qu'ils n'entreprennent leur quête. Il était donc au souk Ableuh, au cœur du songe du portefaix. Il n'y avait personne. «Mais puisque l'appareil a indiqué que le rêveur se trouve ici, il ne doit pas être loin», songea Bou. Il appela :

— Ohé ! L'andrène ! Montre-toi !

Personne ne lui répondit. «Il doit être allé faire un tour.»

Lui qui raffolait des olives, il s'approcha des tonnelets, l'œil allumé par la convoitise. Il n'en avait jamais vu autant. Devant tant d'abondance, il ne put résister à la tentation. Il y plongea les mains et se retrouva avec une poignée de picholines et une autre de grosses olives violettes. Il porta une première prise à sa bouche, mais, avant qu'il réalise qu'on ne pouvait rien goûter dans la Zone, un monstre jaillit du sol à côté de lui et referma ses pattes sur ses poignets. Bou voulut crier, mais sa bouche pleine n'émit qu'un râle.

La bête était horrible. Plus grande que lui, couverte de longs poils noirs et roux et flanquée de deux yeux globuleux de chaque côté de la tête, elle ressemblait à une guêpe géante. Bou voulut bondir de réveil, mais il ne se rappelait plus comment faire. Il ferma les yeux et gémit. Le frelon lui secoua les mains en grondant :

— Rends ces olives, ou tu auras affaire à moi.

Pendant ce temps, les autres avaient traversé le marché des poissonniers et se dirigeaient vers celui des bouchers sans se douter de la terreur qui accablait Balthazar.

Le garçon rendit les olives sans se faire prier ; il laissa tomber les deux poignées de fruits dans leur baril respectif et cracha à ses pieds les picholines qu'il n'avait pas eu le temps de mâcher. La créature relâcha son étreinte. Désemparé, Bou fixait le sol avec des yeux apeurés.

— Regarde-moi, ordonna la créature.

Bou obéit. L'énorme insecte empoigna alors sa propre tête et tira. Ce faisant, il retira son pelage. Balthazar constata alors que son assaillant n'était pas un monstre, mais un adolescent qui avait revêtu une cape de fourrure pour se déguiser. Il réagit à cette découverte en pouffant :

— Nom d'un virus, tu m'as fait une de ces peurs ! J'ai cru que j'allais mourir !

— Voleur ! gronda le jeune colosse d'une voix grave. Tu mérites un châtiment !

— Eh ! Je ne suis pas un voleur ! Si je me suis permis de prendre quelques olives, c'est parce que je savais que ce serait sans conséquence, étant donné que nous sommes dans un rêve.

L'autre leva un sourcil et le considéra avec curiosité.

— Tu ne sais pas que nous sommes dans un songe ? s'étonna Balthazar. Quelle sorte d'acteur es-tu ?

Il enfila ses lunettes, qu'il avait une fois de plus relevées. Il identifia alors l'aura de son interlocuteur et s'exclama :

— Tu es un humain ! C'est donc toi, le rêveur ! Et c'est moi qui t'ai trouvé. Ah ! Quand les autres vont apprendre ça !

Bou se rappela l'énigme : « *L'andrène est un bourdon solitaire qui creuse son nid dans la terre…* » Il hocha la tête en observant le garçon. Puis, tout de go, il lui demanda :

— Comment t'appelles-tu, déjà?

— De quel droit me demandes-tu de me nommer? Tu te trouves dans ma boutique où tu n'as rien à faire, sinon essayer de voler ma marchandise. Ce serait plutôt à toi de répondre à cette question.

Balthazar s'excusa et se présenta. Il expliqua qu'il était comme lui en visite au pays des songes et précisa qu'il habitait en réalité Montréal. Il posa alors un index sur son front, garda le silence deux secondes et s'exclama :

— Jandal Nawm! C'est ton nom, n'est-ce pas?

Séduit par l'insouciance de ce garçon, l'autre sourit et confirma qu'il s'appelait bien ainsi.

— Nous sommes-nous déjà rencontrés, Balthazar? demanda Jandal.

— Non. C'est même la première fois que je visite ton pays. Mais, dis-moi, est-ce que tous les Marocains s'enfouissent ainsi sous la terre?

Le grand garçon secoua la tête.

— Bien sûr que non. Je ne le fais pas moi-même dans la réalité… Enfin, oui, mais pas comme ça. En rêve, tout est permis. J'aime entrer et sortir du sol, comme un vrai frelon.

Il poursuivit en affichant un air triste.

— Dans la réalité, c'est différent. Si je porte aussi une telle cape le jour, c'est cependant dans une hutte d'argile que je me terre, comme un andrène. J'admire ce bourdon solitaire qui peut si facilement se cacher du soleil… et des gens.

— Pourquoi tiens-tu tant à te cacher?

— Parce que je suis très différent.

Balthazar remarqua que le teint de Jandal était plus foncé que celui des gens qui peuplaient son rêve. Ses cheveux, sombres eux aussi, étaient bouclés très serrés.

— Je suis un réfugié, précisa Jandal. J'ai vu le jour en Tanzanie et, dès le jour de ma naissance, des adeptes de la sorcellerie ont tenté de m'offrir en sacrifice à leur divinité.

— Vouloir tuer un bébé? s'indigna Bou. C'est de la barbarie!

— Je sais. Mais ça se passe encore ainsi à certains endroits.

Jandal poursuivit et expliqua que, puisqu'il risquait d'être immolé à tout moment, sa mère avait préféré l'abandonner à un homme de foi. Le bon père l'avait caché et lui avait fait passer les frontières jusqu'au Maroc. Ici, il avait trouvé un brave homme qui n'avait pas d'enfants pour assurer sa succession. Maâlem Zitoun avait aussitôt accepté de recueillir le bambin.

— Je suis extrêmement reconnaissant à Maâlem Zitoun et à sa femme, qui sont aussi bons pour moi que de vrais parents, poursuivit

Jandal. Je n'ai jamais eu envie de retourner dans mon pays natal. Pourquoi irais-je au-devant de la mort? Depuis mon arrivée à Marrakech, je n'ai même jamais mis les pieds hors de la ville rouge.

— Ton histoire est si triste! murmura Bou. Je suis vraiment désolé pour toi.

Il lui serra l'épaule et tous deux se fixèrent avec intensité. Ils surent qu'une franche camaraderie venait de naître entre eux. Jandal se sentit soudain très fatigué. Il cligna des yeux et bafouilla:

— Il ne faut pas... être désolé. Je suis bien... avec les Zitoun et je suis heureux... d'être en vie...

— Tuuu... as... raisooon... marmonna Bou en se frottant les yeux.

Tout se mit à tanguer devant lui. Jandal vacilla sur ses pieds et tenta de se retenir à la charrette, mais elle était trop loin. Bou comprit que leur malaise était causé par la proximité de leurs esprits.

— Oooh... nooon... bafouilla-t-il. L'interffférence...

Jandal tomba par terre et fut pris de convulsions. Balthazar sentit qu'il ne tarderait pas à l'imiter. Il se prit la tête à deux mains. «Si... j'avais... un... ini... phone...» songea-t-il avec regret. Il tenta d'appeler à l'aide, mais il chuta en bredouillant des mots confus. Son corps roula contre celui du rêveur. Leurs yeux se révulsèrent et tous deux furent parcourus de violents spasmes. Les vibrations de leurs pensées avaient fini par s'aligner sur la même fréquence, ce qui engendra une puissante force d'attraction. Mais comme elles suivaient des phases opposées, cela produisait d'intenses ondes de contradiction.

Ces deux esprits réunis dans la même strate se faisaient la guerre involontairement, cherchaient à s'exclure mutuellement. Malgré leur sentiment réciproque de sympathie, l'âme de l'un tentait de s'introduire dans celle de l'autre et de l'anéantir.

Aucun n'avait conscience qu'ils étaient assurés de perdre tous deux la raison si ce combat ne prenait pas bientôt fin.

— Ils sont là ! cria Ardor.

Les acolytes se trouvaient tout près quand les fines oreilles de l'aiguilleur avaient capté un lointain murmure :

— Os… court… Jean… dalle… émoi… inter… faire… anse…

Il n'avait d'abord pas prêté attention à ces propos dénués de sens. Puis il s'était dit que cette voix ressemblait à celle de Balthazar. Du coup, il avait saisi le sens de cette phrase : « Au secours ! Jandal et moi : interférence ! » Il avait abandonné toute discrétion et s'était élancé au grand galop vers le souk Ableuh.

Un gros hameçon multicolore au bout d'une ligne à pêche agrippa Bou par la ceinture et le balança loin en arrière. Les convulsions qui animaient les garçons diminuèrent. Tandis qu'Aix se penchait sur Balthazar, Edwin et Ardor rejoignirent Jandal et Peccadille forma une muraille entre eux deux afin de bloquer leurs pensées.

— Il faut que tu sortes d'ici, dit Aix à Bou.

— D'accord, dit-il avec peine. Mais dis-moi, comment va Jand…

Les spasmes le reprirent ; au même moment, le chien cria que Jandal recommençait à avoir des convulsions. Dame Bagatelle forma un dôme, se jeta sur Balthazar et lui ordonna de ne plus penser à rien. Elle illumina sa concavité colorée et fit virevolter ses motifs comme un jeu de lumière de discothèque. Dans ce tourbillon de couleurs, le garçon s'apaisa et réussit à faire le vide. Peccadille annonça par télépathie à son collègue qu'il était impossible de faire sortir Bou de la strate. Ardor répondit que le gardien de Bulle-Turquoise était en route pour munir le portefaix d'une sphériole.

Un tapis d'Orient apparut dans le ciel, sur lequel se tenait un homme sur une jambe avec l'autre levée en arrière et les bras écartés. La carpette volante se posa à côté du chien. Son passager, un éléon vêtu d'un caleçon moulant et qui portait des chaussons de danse à bout dur, sauta lestement en effectuant le grand écart.

— Sieur Azur Cyan, pour vous servir.

Le danseur se pencha vers Jandal et ajouta :

— Voici donc celui qui donne tant de fil à retordre à mes acteurs !

— Pourquoi dis-tu ça, sieur Cyan ? s'étonna Ardor.

— Figure-toi, cher sieur Kerber, que ce damoiseau passe son temps à disparaître de la strate où il a été assigné pour réapparaître dans un secteur où il n'a pas affaire. J'espère qu'une sphériole le rendra plus sage et respectueux des règles ! Bon, si vous voulez bien me laisser travailler en paix…

Il agitait ses mains devant Ardor et Edwin comme si c'était les ailes d'un papillon impatient ; à coup de ouste ! il les força à reculer. Encore étourdi, Jandal regardait avec appréhension l'individu qui se penchait sur lui.

— Ne crains rien, mon petit, dit l'éléon en l'aidant à se relever. Je suis ici pour t'aider.

Comme savaient si bien le faire tous les gardiens aguerris, Azur Cyan gagna facilement la confiance de son protégé. De nombreuses minutes plus tard, Jandal fut rasséréné par la sphériole de la taille d'un pamplemousse qu'il venait d'intraférer.

Il remarqua alors Edwin qui le fixait avec ses yeux rouges entre ses mèches de cheveux blancs. Surpris, Jandal hésita une seconde. Puis il sourit à l'albinos.

— Bonjour, mon frère! Sois le bienvenu dans mon rêve!

Ils se serrèrent les mains. Au même moment, Balthazar annonça à Peccadille qu'il ne sentait plus aucune interférence. Elle le libéra. Aix lui demanda s'il allait bien.

— Très bien, merci, dit Bou.

— Tu en es sûr?

Ravi, mais intimidé par sa sollicitude, il sourit et rougit. Aix l'imita. Tandis que le chef du Secteur-Turquoise s'en retournait sur son tapis volant, Ardor les appela et les invita à venir faire la connaissance du nouveau portefaix.

Edwin s'était empressé d'expliquer la raison de leur présence à Jandal, lequel l'avait écouté attentivement, mais sans réagir. Les autres les rejoignirent. Bou présenta Aix et Peccadille. Il ne put s'empêcher de faire part de la triste histoire de Jandal à ses amis qui furent bouleversés d'apprendre la tentative d'assassinat dont il avait été victime, ainsi que son inévitable exil. Jandal les rassura.

— Je connais ces événements parce qu'on me les a relatés, mais je ne m'en souviens pas. Je mène donc une vie heureuse et je l'apprécie chaque jour.

— Es-tu marchand de fruits, dans la réalité ? lui demanda Edwin.

— Pendant les vacances, oui. Peu de garçons de mon âge ont la chance de se voir confier la responsabilité d'un tel commerce !

Jandal plaça sa main devant sa bouche et bâilla discrètement.

— Retournons à la place Jemaa El Fna afin d'être plus près de la sortie quand notre ami libérera cette strate, proposa Peccadille. Ainsi, nous aurons peut-être la possibilité de rendre visite au portefaix-colombe avant que le jour ne se lève à Lyon.

Jandal réprima un autre bâillement et annonça qu'il connaissait un raccourci.

— Il sera le bienvenu ! dit Aix. En chemin, nous allons te raconter ce qui nous amène.

— Edwin m'a dit que vous vouliez que je vous aide à mettre fin à l'épidémie de cauchemars. Mes chers protecteurs, les Zitoun, en ont tous deux été victimes. Ce serait un honneur pour moi de les défendre à mon tour. J'ai lu dans vos yeux que je pouvais vous faire confiance. Si vous croyez que je peux contribuer à enrayer les mauvais rêves, indiquez-moi votre plan et je ferai tout ce qui est en mon pouvoir pour vous seconder.

Son acceptation immédiate fut une heureuse surprise pour les acolytes qui s'étaient attendus à devoir débattre longuement pour le convaincre. Ils laissèrent fuser leur joie et lui firent l'accolade à tour de rôle pour lui souhaiter la bienvenue dans l'équipe. Fidèle à son tempérament flegmatique, le jeune Nawm ne trahit aucune émotion. Était-il satisfait? Ennuyé? Indifférent? Nul n'aurait pu le dire; il était impossible de deviner les sentiments de cet impénétrable garçon.

Jandal eut droit à un léchage d'accueil de la part d'Ardor. Plutôt que de le repousser, il le remercia. Edwin et Bou grimacèrent avec répugnance. Jandal les vit et leur dit:

— La caresse d'un chien est douce, quand on a goûté à la langue d'un chameau.

Ils grimacèrent davantage. Ardor leva une tête digne et sourit avec superbe.

11
Du grabuge au bazar

Le sortilégeois qui avait abandonné son apparence de petite fée pour reprendre celle d'une momie acheva de raconter ce qu'il avait vu à ses complices.

— C'est bien ce que je pensais, dit un géant caché dans l'ombre de son ample cape mauve. Quand j'ai aperçu cette chose sur ma dynamappe fouineuse, j'ai tout de suite songé qu'elle sortait tout droit du bassin de la résidence officielle et c'est pourquoi je t'ai envoyé épier les acolytes. Je ne me suis donc pas trompé !

— Essaies-tu de nous dire que ce parchemin provient du lac Lacrima ? s'enquit Perfi Détorve.

L'Ombre Mauve hocha la tête.

— La légende serait donc vraie ! s'émerveilla une vieille armoire reculée dans un coin.

On la dévisagea avec impatience. Ilya Unmachin déglutit et n'osa plus rien dire, de peur de choquer ses compères qui ne lui avaient pas encore pardonné d'avoir écrabouillé le gobe-sphériole et qui toléraient tout juste sa présence.

— Quelle légende? demanda un gladiateur romain en armure et masque dorés.

— Celle qui raconte que certains rêveurs peuvent faire naître ce qu'ils veulent de la mare aux larmes, répondit l'Ombre.

— Ah, cette légende-là! Oui, bien sûr qu'elle est vraie!

— Qu'en sais-tu, toi? répliqua un arbre pleureur dégarni et flasque. Moi, je n'y crois pas. Et, même si c'était vrai, je doute qu'un humain puisse créer une chose aussi extraordinaire qu'un médium qui a réponse à tout…

— Tu ne le leur a donc pas dit? demanda le Romain à l'Ombre par télépathie.

— Pas encore, répondit l'interpellé de la même manière.

— Je sais ce que j'ai vu et entendu! répliqua la momie offusquée.

— Je te crois, dit le géant capé. L'esprit du jeune Robi est le plus puissant que j'aie rencontré.

— Cet avorton? persifla le colosse à l'armure dorée. N'exagère rien!

— Si tout ça est vrai, reprit Terribelle Angoisse en agitant ses branches molles sur le sol, il nous faut absolument ce fabuleux médium !

— Il pourrait nous être utile, en effet, dit Phantamar.

— Retournez à la production de cauchemars, commanda l'Ombre Mauve. Je vous ferai signe dès que l'occasion de s'emparer du parchemin se présentera.

Jandal guida ses nouveaux compagnons à travers les souks. Chemin faisant, les acolytes lui parlèrent plus en détail de la Zone, des rêves et des maldors. Jandal promit avec humilité qu'il consacrerait tous ses instants de sommeil à sa mission de portefaix, et ce tant que le pays des rêves ne serait pas redevenu paisible.

À la sortie d'une ruelle, ils atteignirent un passage qui surplombait une vaste place où s'alignaient de grandes cuves rondes en maçonnerie. Jandal annonça qu'ils se trouvaient dans le quartier des tanneurs. Il expliqua qu'avant d'en faire du cuir les ouvriers devaient mettre les peaux de chèvre et de mouton à tremper là-dedans pour les empêcher de pourrir. Il leva le nez et inspira. Il s'étonna aussitôt.

— Aucune odeur nauséabonde ne flotte dans l'air ! C'est étrange…

— Il est impossible de percevoir les odeurs et les goûts dans la Zone, dit Edwin. Mais pourquoi dis-tu que l'endroit devrait sentir mauvais ?

Jandal expliqua que le bain destiné à assouplir les peaux contenait entre autres de la chaux, de l'urine d'animaux et des fientes d'oiseaux, ce qui formait un mélange des plus fétides. Tandis que les humains grimaçaient, des voix s'élevèrent au loin. Elles provenaient de tous les côtés et toutes récitaient la même courte mélopée qu'elles répétaient quelques fois. Puis le silence complet se fit.

— Ce sont les muezzins qui du haut des minarets invitent les fidèles à la prière, expliqua Jandal.

— Nous allons donc te laisser, dit Aix.

— Mais non, je vous en prie. Nous sommes en pleine nuit et non le soir, c'est mon rêve et vous êtes mes invités. Je reste avec vous.

Quand ils sortirent du labyrinthe, les personnages de la place Jemaa El Fna avaient changé. Les touristes avaient cédé la place aux promeneurs locaux, tandis que les vendeurs et les artistes avaient été remplacés par des tenanciers de restaurants bon marché à ciel ouvert. Le jour déclinait sur la ville et les lampes prenaient peu à peu le relais pour illuminer l'espace envahi par la fumée. Ils traversèrent l'esplanade en se faufilant parmi les étals rudimentaires, les marmites et les tables dont plusieurs étaient déjà occupées par des convives affamés. Balthazar considéra avec envie des hommes qui dévoraient des brochettes d'agneau. Il fit cependant la moue quand il aperçut la tête de mouton que le gargotier avait plantée au bout d'une pique pour s'annoncer. Des enfants turbulents les croisèrent et leur proposèrent des gâteaux au miel qu'ils appelaient des cornes de gazelle ; ils refusèrent.

— J'aime me promener ici à cette heure, dit Jandal. Tout est enveloppé de flammes orangées et la brise est douce ; ça me détend.

— Je me demande comment tu peux te détendre au milieu de toute cette effervescence, dit Balthazar. Moi, je suis déjà étourdi par la foule, les cris et la musique. Heureusement qu'il n'y a pas les odeurs en plus !

— Il est possible, en se concentrant bien, de ne pas se laisser envahir par l'agitation extérieure et d'éprouver un calme profond malgré le brouhaha. C'est une question de volonté.

— Oh, mais Bou en est capable! dit Edwin en tapant amicalement le dos de son copain. Mettez-le devant un ordinateur et tout le reste cessera d'exister!

Une clameur retentit dans leur dos. Les acolytes crurent que d'autres enfants arrivaient pour leur offrir des gâteaux sans arôme et ils n'y prêtèrent pas attention. Mais, quand aux cris s'ajoutèrent des claquements, du fracas, des grondements, des détonations et des hurlements, ils se retournèrent. Ils virent tous les personnages du rêve stupéfiés, mais ne virent pas la cause de l'agitation. Ardor troqua son pelage contre un plumage et s'éleva en éclaireur.

Soudain, les figurants disparurent et les acteurs s'enfuirent vers les passonges. Les acolytes restés au sol se retrouvèrent seuls sur l'esplanade désertée et ils découvrirent en même temps que leur ami oiseau la source du tohu-bohu: leurs ennemis étaient de retour et ils fonçaient sur eux. Ilya Unmachin était une cravache qui avait jadis compté quatre mèches, mais dont l'une était cassée, et ses trois lanières restantes fouettaient durement l'air. Terribelle Angoisse galopait devant elle sous l'apparence d'un bison armé d'une seule corne, mais bien protégé par la grosse bosse entre ses épaules. L'Ombre

Mauve planait au-dessus, sa cape violette étendue telle une masse orageuse.

— *Cælum ac terras miscete!* lança un colosse du haut des airs. Remuez ciel et terre! Et ne rentrez pas bredouille!

C'était Phantamar. Porté par le vent, le Romain fila rejoindre l'autre géant pour voler à ses côtés. Il brandissait d'une main un arc qui décochait des éclairs et de l'autre un javelot qui crachait la foudre. L'arrivée des maldors semblait au premier coup d'œil la cause de la fuite de trois gros chiens qui couraient devant eux en rugissant. Mais, à bien y regarder, il n'y avait qu'un molosse qui arborait trois têtes; et il ne fuyait pas, il chargeait. C'était Perfi Détorve transformé en Cerbère, ce monstre tricéphale qui gardait l'entrée des enfers. Il arrivait presque sur les acolytes.

— Taïaut! cria l'Ombre Mauve en imitant le cri du chef d'une grande chasse à courre.

— Vous vous prenez pour de nobles chasseurs, mais vous n'êtes que de vils braconniers! lança Peccadille en bondissant devant les jeunes gens sous la forme d'une paroi blindée.

D'oiseau qu'il était, Ardor se transforma au même moment en grande baleine, non pas bleue, mais cuivrée, et il retomba devant les maldors. Juste à temps. Le bœuf sauvage trébucha contre sa nageoire caudale, le fouet s'enroula autour de ses fanons et les têtes du cerbère s'assommèrent simultanément sur une de ses nageoires pectorales. Mais Phantamar et l'Ombre Mauve s'écartèrent brusquement et évitèrent la colonne d'eau que lança l'évent.

Peccadille se convertit en char d'assaut.

— Montez! cria-t-elle en ouvrant son écoutille.

Balthazar sauta sur le marchepied et aida Aix à franchir l'étroit orifice. Mais, quand elle fut à bord, son pied à lui glissa et il tomba.

Le sieur Kerber délaissa l'ordre des cétacés pour entrer dans la famille des félidés et, en jouant de la métamorphose, il empêcha l'ennemi d'avancer à coups de canines et de griffes: un léopard lacéra la cape du géant, un lion écorcha le cuir du bison, un guépard griffa les gueules du cerbère, un lynx croqua les lanières du fouet et un jaguar mordit l'armure du gladiateur.

— Monte, Jandal! lança Edwin en allant aider Bou.

Le nouveau portefaix obéit. Confus d'avoir montré autant de maladresse, Balthazar insista pour qu'Edwin monte avant lui. Pendant ce temps, Aix sortit la tête par l'ouverture de la tourelle mobile et cria:

— Viens nous rejoindre, Ardor!

Son appel détourna l'attention du tigre qui allait s'élancer sur dame Angoisse. Le bison se transforma en grande chauve-souris, lui échappa et fonça sur Balthazar qui n'était pas encore à l'abri. Peccadille voulut étirer sa cuirasse pour le recouvrir, mais le mammifère vampire fut plus rapide et s'agrippa aux cheveux du garçon. Edwin qui tenait sa main tira. Cependant Terribelle Angoisse le retint.

Le tumulte se rapprochait du char, signe que l'ennemi gagnait du terrain. Tout à coup, le silence se fit et le paysage marocain disparut, de sorte que l'engin multicolore, ses passagers, Bou et son attaquant ailé ne virent plus que du blanc. Ils se retrouvèrent sur une pente enneigée entourée de cimes immaculées. Ardor et les autres maldors n'étaient nulle part. Dame Angoisse délaissa Balthazar et se rua sur Aix dont elle agrippa la robe. Mais Edwin et Jandal la prirent chacun par une main et tirèrent. Le vêtement se déchira et la chauve-souris battit en retraite.

— Est-ce que ça va ? demanda Peccadille en redevenant ballon.

— Euh… je crois… bredouilla Bou.

— Où est passé Ardor ? s'enquit Edwin.

— Où sommes-nous ? demanda Aix.

— Je nous ai transportés dans les Alpes françaises, répondit Jandal.

Peccadille consulta sa dynamappe et annonça :

— Ça alors ! Nous avons quitté le Secteur-Turquoise et intégré le Secteur-Jade.

— Sans emprunter de passonge ? s'étonna Aix. Comment est-ce possible ?

— J'ai simplement souhaité revoir le mont Blanc que j'avais vu dans un reportage, dit Jandal. Est-ce défendu ?

— Il n'est bien sûr pas interdit de rêver à ce qu'on souhaite, répondit Aix. Mais, normalement, quand un rêveur change de décor, il ne change pas de strate pour autant…

— Nous n'avons rien à faire ici, dit Peccadille. N'attendons pas qu'Olive Fougère vienne nous reprocher de violer son secteur et retournons dans le noyau. La sortie est ce canon à neige.

Ils plongèrent dans la bouche de l'appareil qui projetait ses flocons sur la piste et jaillirent du parcmètre sur l'esplanade. Le chien fauve en émergea juste après eux. Ses amis se réjouirent de le voir en pleine forme. L'air fier, il annonça :

— Vous auriez dû voir la mine des maldors quand vous avez disparu ; c'était à se tordre ! Ils n'ont pas compris ce qui s'était passé, moi non plus, d'ailleurs, mais ils ont quitté la strate illico.

Jandal plaqua ses mains sur sa bouche pour tenter poliment, mais inutilement, de cacher son bâillement. Les autres annoncèrent qu'ils allaient le laisser se réveiller en paix. Il leur demanda ce qu'ils allaient faire.

— Il nous reste deux portefaix à rencontrer, répondit Edwin. Au fait, je me demande si la colombe a recommencé à rêver.

Ardor emprunta la dynamappe de sa consœur et fit d'une pierre deux coups : il en expliqua le fonctionnement à Jandal, tout en demandant à l'appareil de localiser la damoiselle.

— Ouah ! Éolie Somne est dans une strate ! lança-t-il.

— J'aimerais bien vous accompagner, dit Jandal en serrant les dents et en écarquillant les yeux.

— Tu ne nous serais pas d'une grande utilité, tu montres trop de signes de repos, dit Aix. Tu poursuivras ton apprentissage onirique la nuit prochaine.

Jandal leur souhaita bonne chance.

— Je l'ai ! s'écria la chauve-souris en entrant en coup de vent dans le repaire que venaient de réintégrer ses compères.

L'air victorieux, elle laissa tomber sa prise sur un guéridon.

— C'est cet insignifiant carré de chiffon? grommela le gladiateur romain.

— Mais non, répondit Terribelle Angoisse en reprenant son apparence d'arbre et en balayant d'un coup de branche le tissu qui recouvrait le rouleau clair.

— C'est bien ce qui a répondu aux questions des damoiseaux, annonça Perfi Détorve. Il suffit de le dérouler.

— Parfait! dit l'Ombre Mauve. À nous la connaissance!

12

La colombe

Les acolytes arrivèrent par une des fausses fenêtres d'un mur sans ouverture peint en trompe-l'œil, qui représentait la façade d'un hôtel. Ils atterrirent sur une place ensoleillée délimitée par des bistrots sur trois côtés et ouverte devant sur un large quai qui longeait une grande rivière. Il n'y avait personne. Ardor pointa une hostellerie dont la porte massive se refermait lentement.

— Éolie Somne est entrée là.

Ils s'y rendirent et ne la virent pas, mais ils entendirent ses pas résonner sur le dallage. Ils traversèrent l'auberge déserte et atteignirent une cour intérieure aux hauts murs roses. Des chevaux hennirent sous leurs pieds. Ils étaient au-dessus d'anciennes écuries démantelées depuis longtemps dans la réalité, mais que la rêveuse avait réhabilitées. Ils l'entendirent dévaler des marches. Une porte claqua. Peccadille dit tout bas à Balthazar de rester près d'elle. Ardor devant, les acolytes passèrent une arche, descendirent deux niveaux et ressortirent à l'extérieur. Autour d'eux, les bâtiments ne comptaient que quelques étages, mais la rue était si étroite qu'ils paraissaient immenses.

— Elle est entrée dans cette boutique, annonça le chien.

Ils pénétrèrent dans le local sombre où ils ne trouvèrent pas âme qui rêve, mais ils virent un rai de lumière sous la porte du fond, qui donnait sur une salle de danse bondée. Les danseurs affichaient tous l'aura multicolore des éléons, mais une adolescente immobile au-delà de la piste présentait un halo gris clair. Bou la pointa du doigt. Cela attira l'attention de la rêveuse. Son aura passa au gris plombé et elle déguerpit.

Les acolytes la suivirent et se retrouvèrent à nouveau sur le quai. La rêveuse perturbée avait fait se coucher le soleil sans faire lever la lune ni briller d'étoiles. Seuls quelques flambeaux illuminaient certaines intersections. Ils virent une silhouette tourner dans une rue qui s'appelait La Baleine, mais qui était si étroite qu'un cétacé n'aurait certainement jamais pu s'y engager. À l'intersection suivante, elle tourna sur une rue parallèle au quai. Ils foncèrent. Mais, arrivés au croisement, ils ne la virent plus.

— Je vais la situer avec ma dynamappe, dit Peccadille.

— Pas besoin, l'amie, dit une voix au-dessus d'eux.

Ils étaient sous une arcade de pierre qui reposait sur deux colonnes surmontées l'une d'un faune, l'autre d'une nymphe. Leur aura qui montait en spirale indiquait qu'il s'agissait d'activinertiens. C'était la belle jeune fille du pilier de gauche qui avait parlé. Elle continua:

— La rêveuse a dépassé la rue Saint-Jean pour filer sur la petite rue Tramassac.

L'autre ornement, un homme cornu dont le bas du corps était celui d'une chèvre, boucha ses oreilles pointues trois secondes, après quoi il annonça qu'Éolie arrivait sur la place du Petit-Collège. Les acolytes s'élancèrent. Balthazar n'avait parcouru que quelques mètres, quand il trébucha dans la tranchée d'écoulement qui creusait le centre de la rue pavée et qui la partageait en deux sur toute sa longueur. Ardor, Edwin et Aix, qui n'avaient rien remarqué, poursuivirent sans s'arrêter.

— Attention aux dalots, dit dame Bagatelle toujours à la queue du peloton.

Elle se mua en appareil de levage roulant et l'emporta pour le déposer derrière leurs compagnons qui s'étaient immobilisés en bordure d'une placette où se battaient deux grands chevaliers au pied d'une tour à pans coupés. L'un des belligérants était protégé par une armure de guerre et un casque percé d'une petite fente, alors que l'autre était entièrement recouvert par une rutilante cuirasse de parade et un heaume à ventail. Ils croisaient le fer de leurs grandes épées à deux mains. D'après leur aura, le premier était un activinertien et le second, un éléon.

— Prends ça, oc et non! lança ce dernier.

— On te dit peut-être sans peur et sans reproche, Bayard, mais sache que tu n'es à mes yeux qu'un fantoche froussard!

— Peuh! Tu n'es qu'un lionceau sans cœur au ventre, Richard, et tu ne m'effraies pas!

Du haut de sa tour, une noble dame coiffée d'un haut bonnet conique recouvert d'un long voile suivait le combat avec admiration. Soudain, l'activinertien abaissa son arme et demanda à son rival:

— Puisque la rêveuse est passée, faisons une pause. N'est-ce pas, Pierre?

— Oui, la joute peut bien attendre, répondit l'éléon en relevant sa visière. Je t'offre un pot.

L'armure passa un bras blindé sur l'épaule cuirassée de son amical adversaire et tous deux s'éloignèrent. L'actrice, à la fenêtre, agita son mouchoir et les interpella :

— Ohé ! Sires ! Le duel n'est pas terminé et aucun de vous n'a conquis ma main.

Les preux s'esclaffèrent et entrèrent dans une taverne. La laissée pour compte s'offusqua :

— Que deviendra le monde, si les chevaliers ne respectent plus les règles de la chevalerie ?

— Bonjour, dame Aristo, dit Aix.

— Tiens ? Je ne vous avais pas vus. Que faites-vous dans ce secteur ?

— Nous devons nous entretenir avec la rêveuse. Sais-tu où elle est ?

— Bien sûr. Elle continue de « trabouler » entre la rue du Bœuf et la rue Saint-Jean.

Les acolytes passèrent sous les drapeaux de la mairie, tournèrent sur du Bœuf et s'arrêtèrent devant un hôtel qui occupait quatre numéros du pâté d'immeubles. Éolie n'était nulle part.

— Nous allons avoir du mal à l'atteindre, dit Ardor.

— Meuh non ! mugit une voix.

C'était un gros bœuf juché sur la corniche, un végimal qui incarnait un vrai bovin plutôt qu'une sculpture.

— Que fais-tu, perché là-haut ? s'étonna Ardor.

— La jeune Somne a remplacé la statue d'angle qui a donné le nom à cette rue par un spécimen réel, grommela l'autre. J'aurais pourtant préféré être sur le plancher des vaches. Mais que voulez-vous? Les rêveurs ont toujours raison! Quant à celle-ci, je vous conseille de la laisser venir à vous plutôt que de chercher à la rattraper. Elle vous croit toujours sur ses talons et elle revient par ici.

Les acolytes traversèrent vite la place neuve et allèrent se poster derrière le palais de justice.

— Écoutez, quelqu'un court vers nous, souffla Edwin.

Ils étaient dans l'ombre d'un porche. Un éléon vêtu d'une cape sombre apparut au coin du palais. Il incarnait un espion. Il avançait d'un pas pressé et ne cessait de regarder derrière lui. Livide, il semblait terrorisé. D'autres hommes arrivèrent par le même chemin, huit costauds torses nus qui portaient des cagoules, des culottes et des bottes noires. Des bourreaux. À leur vue, les acolytes Oneiros surent que la frayeur de l'éléon n'était pas une mise en scène, mais qu'elle était réelle. Car les tortionnaires étaient des êtres sans aura.

— Des créatures imaginaires! dit Aix d'une voix étranglée.

— Tous à terre! ordonna le ballon à mi-voix. Ces êtres créés par l'esprit des rêveurs sont totalement imprévisibles et représentent un danger réel. Il ne faut pas attirer leur attention.

Ils s'écrasèrent sans bruit. Peccadille se mua en bâche et les recouvrit. L'éléon pourchassé passa devant eux sans les remarquer, suivi de ses poursuivants. Dame Bagatelle attendit qu'ils disparaissent derrière une porte avant de se retirer.

— Suivons-les, dit Edwin en se levant. Ils vont nous mener au portefaix.

— Non, attends, répliqua Aix. La rêveuse est agitée ; ses figurants pourraient se montrer agressifs. Laissons-la se calmer, elle les fera peut-être disparaître.

— Chut ! fit Ardor. Je perçois encore du bruit.

Peccadille dissimula ses amis. Par de minces fentes qu'elle laissa entrouvertes, ils virent arriver une jeune fille aux longs cheveux bruns dans laquelle ils reconnurent Éolie Somne. Elle s'immobilisa devant l'endroit où ils se terraient et scruta les alentours avec inquiétude. Ils retinrent leur souffle. Elle laissa échapper le sien en fermant les yeux. Quand elle les rouvrit, le jour avait remplacé l'obscurité et un soleil radieux inondait la rue. La jeune fille sourit. Elle les croyait partis et se détendait.

Elle suivit le chemin qu'avaient emprunté l'espion et ses dangereux poursuivants et entra au 54 de la rue Saint-Jean. Les acolytes la suivirent à pas feutrés.

Quasi rectiligne, cette longue traboule passait sous quatre immeubles et traversait quatre cours intérieures. Éolie Somne s'arrêta au milieu de la première pour admirer les galeries et leurs plafonds ornés de croisées d'ogives.

— Je vais tenter une approche en douce, annonça Ardor par télépathie.

Tous opinèrent du chef, sauf Balthazar qui n'avait rien capté.

— Je t'accompagne, transmit Peccadille mentalement.

Elle commanda à Bou de rester loin de la rêveuse et se métamorphosa en foulard coloré qui se noua au cou du chien. Ardor trotta jusqu'à l'espace découvert, s'arrêta derrière la damoiselle, s'assit et émit le cri plaintif d'un chiot. Elle se retourna. Il s'allongea sur le sol en signe de soumission et pencha la tête de côté. Il savait que bien des humains se laissaient attendrir par cette mimique.

— Le joli toutou ! s'exclama Éolie.

Ardor rampa vers elle en agitant sa queue. Elle s'agenouilla, lui murmura qu'il n'avait rien à craindre et posa une main douce sur sa tête.

— C'est le bon moment d'intervenir, transmit Æth à Edwin.

Le garçon s'empressa de s'avancer dans la cour intérieure, toussota et dit doucement :

— Tu as retrouvé mon Ardor que je croyais perdu; merci!

Éolie se releva promptement, l'air horrifié, mais Ardor se plaqua contre elle pour l'encourager à rester. «Ma pâleur lui fait peur», songea Edwin, habitué à ce que les inconnus réagissent ainsi.

— Ne crains rien, mon albinisme n'est pas contagieux et je ne te veux aucun mal.

Un éclair de pitié voila le regard apeuré de la rêveuse. Elle serra ses bras contre elle et bredouilla:

— Ce n'est pas ça car je... nous... Mais je ne te connais pas. Reprends ton chien et pars.

— Je m'appelle Edwin Robi et voici Ardor, insista le garçon.

— Tu n'as rien à faire ici. Va-t-en.

— Attends, Éolie. Écoute-moi, s'il te plaît.

— Comment connais-tu mon nom? s'étrangla-t-elle.

— Tout se sait, ici. Tu es au pays des songes, Éolie.

— Je sais. Et je veux que tu quittes mon rêve.

Edwin insista. Il lui redemanda de l'écouter en lui promettant que ses amis et lui partiraient ensuite, si elle le souhaitait. Éolie en déduisit qu'il n'était pas seul et elle tressaillit. Il l'assura qu'ils étaient là en amis et ajouta qu'ils avaient des choses importantes à lui dire.

Il fit signe à Aix de venir et tapa sur sa cuisse pour appeler Ardor. Peccadille se laissa choir et, tandis que l'éléone et le chien rejoignaient le garçon, elle gagna discrètement le fond de la cour. Edwin présenta Aix. Éolie ne dit rien. Ardor percevait sa panique; aussi jugea-t-il préférable de rester sur ses quatre pattes et de ne pas parler. Aix demanda à Éolie si elle avait entendu parler de l'épidémie de mauvais rêves. La rêveuse plaqua ses mains sur ses joues et gémit.

— C'est donc ça! Vous êtes venus me faire vivre un cauchemar…

Elle recula jusqu'au mur, le tâta et fut surprise de ne pas trouver le passage qui menait à la seconde cour. Elle se retourna et découvrit une haute porte bariolée là où s'ouvrait d'habitude un couloir. Peccadille qui se doutait qu'elle voudrait fuir avait bloqué la sortie. Éolie Somne tourna ses yeux terrorisés vers Edwin.

— Nous ne voulons faire peur à personne! s'exclama-t-il. Notre but est au contraire de mettre fin à la pandémie.

— Alors, pourquoi me faites-vous subir ce mauvais rêve? Qui êtes-vous? Que voulez-vous?

Aix se réjouit de ces questions. Elle pouvait maintenant aller droit au but. Sur un ton paisible, mais avec un débit rapide, elle décrivit à l'intention de la fille la Zone onirique et le rôle des Oneiros. Pour appuyer ses dires, elle se métamorphosa tour à tour en poupon, en cowboy, en geisha et en jeune éléone translucide. Revenue à sa forme naturelle, elle demanda à Ardor d'en faire autant. Éolie regarda avec des yeux bouleversés le chien se transformer en libellule cuivrée, en cheval bai et en daurade mordorée avant de reprendre son apparence de boxer fauve. Aix résuma ce qu'il en était à propos des maldors et des cauchemars et elle annonça enfin à Éolie qu'elle était destinée depuis sa naissance à faire partie de l'équipe des portefaix.

— Cette histoire est ridicule, souffla la rêveuse.

— Je te comprends, dit Edwin. Au début, j'étais aussi très sceptique. Mais j'ai réalisé que les Oneiros disaient vrai et j'ai accepté de les aider à arrêter les rebelles.

— Même si j'accordais foi à vos propos insensés, je refuserais de vous suivre. Je ne me battrai jamais contre qui que ce soit, pas même contre un habitant du pays des songes.

Sur ces mots, Éolie s'élança au-dessus de leurs têtes, les dépassa en volant et fila comme une flèche vers la sortie de la traboule. Les acolytes se lancèrent à sa poursuite.

Lorsqu'ils atteignirent la rue du Bœuf, à nouveau plongée dans la nuit par l'anxiété d'Éolie, la fille avait disparu. Mais Edwin perçut du mouvement de l'autre côté de la rue. Un éléon au visage masqué par une écharpe qui incarnait un émeutier du dix-neuvième siècle s'approchait en catimini. Quand il les vit, il abandonna toute discrétion et scanda bien haut :

— Vivre libre en travaillant ou mourir en combattant ! Vive les canuts ! À bas le roi !

— Chut ! grommela Aix.

— Arrêtez-le ! cria une voix plus loin.

D'autres éléons accoururent, qui personnifiaient des agents de Charles X, un roi de France impopulaire chez les anciens canuts. Les hommes de main du monarque encerclèrent le fuyard et braquèrent leurs pistolets sur lui. Les acolytes reculèrent pour se retirer de la scène. Le chef de troupe ignora leur présence et lança à l'insurgé :

— Tu vas regretter de t'être soulevé contre notre souverain. Demain, tes complices verront ta tête guillotinée rouler sur les pavés !

— Vous ne me faites pas peur ! lança courageusement le prisonnier.

Mais, aussitôt sa bravade clamée, il se mit à trembler. Les agents du roi se moquèrent de lui.

— Il se vante de son courage et il fait le couard l'instant d'après. Quel hâbleur !

Le prisonnier pâlit, devint blanc comme l'albâtre et s'éclaircit encore davantage jusqu'à devenir translucide.

— Je sais que tu es censé avoir une sacrée trouille, lui chuchota un des autres éléons, mais de là à afficher ton apparence naturelle, tu exagères.

— Sans blague, les gars… Regardez derrière vous.

— Tu crois nous déjouer avec une ruse aussi grossière ? Tu es encore plus sot que poltron !

— C'est sérieux, nous sommes tous en danger ! Il faut quitter cette strate.

En l'entendant parler de strate, les soldats commencèrent à se questionner. L'un se retourna. Il devint aussi livide que le prisonnier. Les bourreaux encagoulés étaient de retour.

— Des figurants ! Fuyons ! s'écria le soldat.

Les agents du roi, le canut, les statues restées sur les toits et tous les autres acteurs quittèrent vite la strate. Rapides comme le vent, les huit êtres imaginaires encerclèrent les acolytes.

— L'esprit affolé de la rêveuse leur a ordonné de nous attaquer ! lança Ardor. Partons !

La dame Bagatelle se transforma en un bol géant. Elle cueillit Aix, Edwin et Bou dans le creux de sa coupe et allongea jusqu'aux toits des immeubles deux bras qu'elle replia ensuite pour s'élever. Ardor se mua en colibri et la suivit. Ils volèrent jusqu'au quai, piquèrent vers le mur peint en trompe-l'œil et disparurent dans sa fausse fenêtre.

13
Le feu follet

— Il faut trouver une façon d'amener Éolie Somne à nous écouter, dit Edwin quand ils furent installés sous un pavillon de l'esplanade de Zoneira.

— Le parchecret aux énigmes sait peut-être comment gagner sa confiance? suggéra Bou.

— Je doute que ce maître bavard puisse nous aider, mais on peut essayer, dit Aix en portant la main à sa hanche.

Mais où avait été appliquée une musette de tréfonds-trucs sur sa robe ne se trouvait plus que du tissu effiloché. Tout d'abord surprise, elle se souvint de l'attaque de la maldore métamorphosée en chauve-souris, qui avait déchiré sa robe en s'arrachant à elle.

— Ma musette! Le parchecret! Terribelle Angoisse les a pris!

Il y eut un long silence, pendant lequel l'inquiétude s'installa.

— J'espère que le parchecret ne divulguera rien d'important aux maldors, murmura Ardor.

— N'a-t-il pas déclaré qu'il ne répondrait qu'à Edwin et à ses alliés ? demanda Bou.

— Tu as raison, dit l'albinos. Il ne leur révélera rien.

— J'espère que ces brutes ne le tortureront pas pour essayer de le faire parler ! dit le ballon.

— Pauvre petit parchemin sans défense, souffla Aix. Il a beau m'exaspérer quand il s'étend sur le sujet, j'ai tout de même fini par m'y attacher.

— Qu'allons-nous faire sans lui ? déglutit Balthazar.

— Nous connaissons l'identité de tous les portefaix, dit Peccadille. Nous pouvons les localiser avec une dynamappe. Mais laissons Éolie Somne se calmer avant de la relancer et cherchons l'autre, le feu follet.

— Grrr ! Comment est-ce que ça se déroule ? gronda Perfi Détorve en secouant le rouleau clair.

Dans sa paume verte, le parchecret se durcit et se refroidit.

— *Ex arena funem facere non agitur...* grommela Phantamar. Il ne s'agit pas de faire un câble avec du sable... mais de déployer un bout de papier ; ce n'est pourtant pas sorcier !

Il arracha le tube à la momie et le secoua, sans aucun résultat. Le parchemin s'était mué en un cylindre de glace. Choqué, le Romain le lança de toutes ses forces.

— Non ! crièrent les autres.

Trop tard ; le glaçon filait vers le mur. Phantamar regretta aussitôt son geste. Ils s'attendaient à voir l'objet éclater, mais il rebondit sur la paroi comme une balle de caoutchouc et revint frapper le masque doré de Phantamar. Puis le cylindre abandonna son élasticité, retomba par terre et y resta. L'Ombre Mauve le ramassa et toisa le gladiateur en grondant :

— Il nous faut simplement mettre la main sur quelqu'un qui connaît le mode d'emploi de ce truc...

Edwin sortit sa dynamappe de sa musette.

— Par le théorème de Boole, j'aimerais essayer ça ! s'exclama Balthazar.

Son ami lui tendit l'instrument. Tout heureux, Bou le déploya et demanda de lui indiquer le songe de Fuego Sueño. Une liste de près de quinze mille strates défila à l'écran.

— Qu'est-ce qui se passe? s'étonna Bou.

— Voilà l'énumération de tous les rêves qu'il a faits depuis sa naissance, dit Aix.

— Oups!

Bou se racla la gorge avant de déclamer:

— Cher moteur tout-puissant de recherche onirique, indique-nous dans quelle strate se trouve l'esprit de Fuego Sueño.

La dynamappe répondit que le portefaix feu follet était dans la 97 127e strate du Secteur-Lilas, laquelle représentait le village côtier de Puerto Morelos. Aix demanda à la dynamappe de leur indiquer le plus court chemin pour atteindre l'endroit. Avant qu'ils ne se mettent en route, elle se mua en jeune Mexicaine aux longs cheveux sombres et ses yeux vairons devinrent l'un noisette, l'autre chocolat. Les acolytes jaillirent du long et profond bec d'un pélican de bois qui ornait la balustrade d'un restaurant. À droite s'étendait la mer; devant, il y avait un parc au-delà duquel s'étalait le village.

— Je vois un grand phare, là-bas, mais il n'est pas penché, annonça Ardor.

— C'est là, dit Bou; l'ancien phare est caché par le nouveau.

Ils longèrent la rive, firent un crochet pour s'éloigner d'un quai où étaient amarrés quelques bateaux sur lesquels étaient posés des pélicans sans aura et ils virent alors le phare penché.

Il était bien plus modeste que son successeur. À peine plus haut qu'une maison à deux étages, il n'occupait que la surface d'un lit à deux places. Ardor alla renifler ses abords et revint.

— Le rêveur est à l'intérieur. Il pleure en gémissant : *Siss, pourquoi m'as-tu quitté ?* Je n'ai cependant pas osé entrer ; je pense que c'est à vous, les portefaix, de l'aborder.

— J'ai l'habitude avec les rêveurs, dit Aix. J'y vais.

Elle entra dans le phare. À peine quinze secondes plus tard, elle en ressortait, contrariée.

— J'ai trouvé le rêveur au rez-de-chaussée, mais il m'a dit qu'il ne voulait voir personne et il m'a ordonné de partir.

— J'essaierais bien de lui parler, mais je ne connais pas l'espagnol, dit Edwin.

— Moi, oui ! s'exclama Balthazar.

— Mais ni Fuego ni toi n'avez de sphériole, riposta Aix. Tu ne l'approches pas !

— Il n'y a aucune barrière linguistique dans la Zone onirique, vous devriez le savoir, dit Ardor aux garçons. Sinon, comment auriez-vous pu communiquer avec Jandal Nawm ?

— Mais… parce que les gens parlent français au Maroc! répondit Edwin avec étonnement.

— Rectification: ils savent parler le français. Mais leur langue maternelle est l'arabe.

— C'est pourtant vrai. Comment avons-nous pu nous comprendre?

— C'est votre âme qui pénètre dans notre monde, dit Peccadille. Comme le langage spirituel est universel, il n'y a aucun problème de communication dans la Zone.

— C'est bon, dit Edwin. Je vais essayer de parler à Fuego.

— Il vaudrait mieux que tu vérifies une chose d'abord, lui souffla Æth.

La sphériole lui fit part secrètement de son idée. Edwin la trouva excellente. Il s'arrêta à un pas du phare, sortit sa dynamappe et lui demanda de lui montrer, s'il en existait une archive, la scène où Siss quittait Fuego. Il y en avait une. C'était le premier rêve que Fuego avait fait la veille. Edwin frissonna devant ces images. Il avait maintenant une idée de la situation. Il se plia et entra dans la tourelle.

Le rêveur n'était plus au rez-de-chaussée, mais Edwin entendit quelqu'un soupirer plus haut. Devant lui se trouvait une échelle qu'il escalada. Il ne vit personne au premier étage, mais il entendit sangloter au-dessus. Le rêveur était au niveau supérieur. L'albinos monta, passa la tête par l'ouverture et vit un garçon aux cheveux roux assis dans un coin, les bras autour de ses jambes repliées et le front appuyé sur ses genoux. Pour ne pas l'effrayer, Edwin dit doucement :

— Bonjour, Fuego. Je m'appelle Edwin.

Fuego Sueño sursauta et fixa l'intrus avec des yeux exorbités. « Il a peur de moi, comprit Edwin. Bien sûr, c'est toujours l'effet que je produis. Quel idiot je fais de ne pas avoir troqué ma lividité et mes yeux rouges contre une autre apparence ! Maintenant, il est trop tard… »

Fuego le dévisageait de ses yeux toujours écarquillés, plus d'étonnement que de peur, cependant.

— Tu me connais ? s'étonna-t-il soudain. Je ne me souviens pas de toi. Or, si je t'avais déjà rencontré, je ne t'aurais pas oublié.

— Nous ne nous sommes jamais vus, mais je connais certaines choses à ton sujet. Des choses importantes. Puis-je m'asseoir avec toi ? Si tu préfères rester seul pour l'instant, je m'en irai. Mais sache que je reviendrai ; je dois absolument te parler.

Fuego le détailla de la tête aux pieds et dit :

— Tu as de l'audace, de te montrer ainsi au grand jour. Heureusement que le soleil d'un rêve est inoffensif, sinon il aurait tôt fait de brûler ta peau décolorée. Néanmoins, je craindrais de te chasser. Tu peux donc rester.

Edwin le remercia, s'assit sur le rebord de l'ouverture par laquelle passait l'échelle et laissa pendre ses pieds dans le vide. Fuego renifla. Edwin jugea que c'était le moment d'utiliser ce qu'il avait vu sur la dynamappe.

— Siss te manque, dit-il. Je comprends ton chagrin ; j'ai moi aussi perdu des êtres chers, et justement dans un accident de la route. Sans vouloir t'offusquer, je dirais que c'était bien pire, dans mon cas.

— Comment connais-tu le nom de Siss ? Je n'avais pourtant jamais présenté mon nasique à personne. Pour le coup, maman aurait pris panique ! Et comment as-tu su qu'il avait été tué par un véhicule ? J'étais seul avec lui quand ce chauffard l'a écrasé…

« Nasique ? » se répéta Edwin.

— C'est le surnom populaire de cette variété de couleuvre que tu as vue sur l'écran, expliqua Æth dans sa tête.

Quelques instants plus tôt, Edwin avait tressailli en découvrant que Siss était un serpent. Il n'en avait pas moins ressenti profondément la douleur de Fuego en le voyant passer sous les roues du camion. Ensuite, témoin de son affliction, il avait compris qu'il était aussi triste que Balthazar quand il avait perdu Pompon. Il savait qu'on s'attachait à son animal de compagnie, que ce soit un chat ou un reptile.

Ce premier contact établi avec le portefaix, qui semblait accepter sa présence, Edwin devait improviser la suite. Fuego examina la peau blanche de ses bras, sa chevelure et ses sourcils délavés, ainsi que son visage blême. Tandis qu'Edwin cherchait toujours ses mots, l'autre plongea ses yeux verts dans ses prunelles rosées.

— Tu es comme moi… Qui es-tu? Que viens-tu faire ici?

— Je suis simplement un rêveur, comme toi. J'ai été chargé d'une mission. Une mission dont tu fais partie et qui va sûrement te distraire de ton chagrin. Mes amis sont à l'extérieur; ils nous attendent. Viens!

Ces propos surprirent tant Fuego qu'il le suivit sans discussion. Ils rejoignirent les autres et Edwin commença par présenter les acolytes d'apparence humaine, soit Aix et Balthazar. De crainte que Fuego ne se fâche en constatant qu'elle n'était pas partie comme il le lui avait commandé, l'éléone avait troqué ses longs cheveux foncés pour de courtes bouclettes blondes et avait pâli ses iris de plusieurs tons de manière à ce qu'ils deviennent d'or et d'ambre.

Ils se serrèrent la main. Edwin présenta alors les aiguilleurs.

— Voici notre fidèle Ardor et la dévouée Peccadille, dit-il en montrant successivement le chien qui se tenait sagement sur quatre pattes et l'activinertienne transformée pour l'occasion en grande poupée de chiffon.

— Quelle est donc cette mission qu'on vous a confiée ? s'enquit Fuego, nullement impressionné par la poupée ni par l'insolite de la situation.

Aix lui demanda s'il avait entendu parler de l'épidémie mondiale de cauchemars. Il admit en avoir forcément entendu parler, mais il indiqua qu'il n'en avait pas personnellement été victime. La damoiselle l'informa que cette pandémie était l'œuvre d'individus malveillants qui habitaient le pays des songes et qui avaient décidé de se rebeller pour ne plus être à la solde des rêveurs.

— C'est ça ! s'esclaffa Fuego. Et le père Noël va faire exploser ses paquets à la figure des gamins, après quoi le lapin de Pâques remplacera le chocolat de ses œufs par de la boue !

— C'est pourtant la vérité, dit le sieur Kerber.

— Ce chien parle ?

— Naturellement, répondit la poupée. Tous les habitants de la Zone parlent.

— Qu'est-ce c'est que cette histoire de zone ? s'enquit Fuego.

— C'est la Zone onirique ; le pays des songes, dit Bou en s'approchant.

À ce moment, le rêveur et lui éprouvèrent un violent vertige. Leurs yeux se révulsèrent et ils chancelèrent. Dame Bagatelle bondit entre les deux et se déploya en muraille bigarrée pour les empêcher de se toucher.

— Les vibrations de leurs esprits se sont superposées ! cria Aix. Il faut vite les éloigner l'un de l'autre !

Le chien se métamorphosa en aigle royal aux puissantes ailes. De son bec marqué de son éternel huit rose, il agrippa Balthazar par le col et s'envola avec lui. Ils piquèrent sur le pélican de bois qui leur avait servi de porte d'entrée et s'enfoncèrent dans sa poche mandibulaire. L'étourdissement de Fuego cessa aussitôt.

— Est-ce que ça va ? demanda Ardor en déposant Balthazar à l'orée d'un boisé.

— Oui, tout est rentré dans l'ordre. Nous pouvons y retourner.

— Pas toi, je regrette. Le risque que ta présence provoque d'autres interférences est trop grand. Tu peux aller te promener en nous attendant.

— Mille millions de virus! Quel ennui! Je…

Ardor ne l'entendait plus. Il avait replongé dans le passonge. Il se posa devant Fuego.

— Comment vas-tu?

— Bien, merci.

— Comment va Bou? demanda Edwin.

— Très bien. Il se balade.

Peccadille redevint poupée et expliqua au jeune Sueño qu'il avait été victime de l'interférence qui pouvait survenir entre les esprits de deux rêveurs. Aix, Edwin et les aiguilleurs lui racontèrent comment les choses se passaient dans la Zone onirique et comment les maldors s'étaient rebellés. Ils lui apprirent qu'il était un portefaix, un enfant né pendant une explosion de puissance onirique, et qu'il avait le pouvoir de combattre les renégats. Quand ils se turent, Fuego leur dit sur le ton de la confidence:

— J'ai souvent imaginé des rêves absurdes, mais je ne m'étais encore jamais raconté d'histoires aussi saugrenues.

Incapable de se retenir davantage, il éclata de rire.

— Je t'assure que nous sommes de vrais habitants du pays des songes, répliqua Aix avec solennité.

— Vous n'êtes donc rien !

L'éléone fut outrée qu'il se moque ainsi de son monde. Edwin réfléchissait. Il se rappelait à quel point lui-même avait eu du mal à croire son gardien lors de leur première rencontre et comment l'avènement de la pandémie le lendemain l'avait convaincu. Il fallait que Fuego puisse lui aussi faire le lien entre le rêve et la réalité. «Quand Bou et moi l'appellerons demain, il sera obligé de nous croire», songea-t-il. Il s'apprêtait à transmettre aux autres qu'ils pouvaient quitter ce rêve quand Æth se manifesta dans son esprit :

— Il ne vous croit pas, mais il vous tolère. Faites un bout de chemin avec lui, ce sera profitable.

— Si vous le dites…

Il demanda donc à Fuego :

— Permets-tu aux personnages que nous sommes de rester avec toi ?

— D'accord ! Puisque je vous ai créés, je vais bien pouvoir vous octroyer des rôles !

Fuego était incapable d'avaler leur boniment, mais en raison de son grand chagrin il n'avait plus envie d'être seul et il trouvait la compagnie de ces lurons plutôt agréable.

— À quoi veux-tu rêver ? lui demanda Ardor.

— J'aimerais visiter des endroits où j'ai vécu.

— Tu as déménagé souvent? demanda Peccadille.

— Très! Mes parents sont des prestidigitateurs. Ils ont présenté leurs numéros partout en Amérique latine. Nous ne sommes que depuis peu à Puerto Morelos.

— Voilà l'explication du nomade de l'énigme, transmit Edwin aux autres par le biais de son iniphone.

— Et, dès qu'on a côtoyé ce damoiseau quelques minutes, ajouta Aix par télépathie, on comprend que la désignation de feu follet fait allusion à sa spontanéité.

14

Vol sans ailes

Fuego s'éleva dans les airs et leur demanda s'ils savaient voler. Plutôt que de répondre, les damoiseaux l'imitèrent, de même que Peccadille et Ardor, transformés l'une en zeppelin, l'autre en condor. Sous eux, les phares, le village, la plage et la mer disparurent et à leur place se dressa une mégalopole.

— Voici l'endroit où je suis né, annonça Fuego. Ici se trouvait autrefois la cité de Tenochtitlán, construite par les Aztèques au début du XIVe siècle. Deux cents ans plus tard, elle a été conquise par les Espagnols et a été renommée Mexico. Depuis, la population n'a jamais cessé d'augmenter, si bien qu'avec ses vingt millions d'habitants l'agglomération est aujourd'hui l'une des plus peuplées et des plus bruyantes du monde.

— Je ne crois pas que je me plairais dans une ville aussi tumultueuse, dit Edwin. Les grands espaces de chez moi me manqueraient. Balthazar et moi sommes Canadiens. Nous habitons Montréal.

— Venez, je vais vous montrer un endroit magnifique qui ne ressemble en rien au Canada.

Fuego battit des mains et des pieds dans le ciel de l'immense strate et, en nageant plus vite dans l'air qu'un dauphin dans la mer, il parcourut trois cents kilomètres et entraîna ses visiteurs jusqu'à l'océan. En quelques coups de brasse supplémentaires, ils longèrent la côte du Pacifique vers le sud, jusqu'à une large échancrure qui s'enfonçait dans les terres. Là, entourée d'escarpements rocheux, une profonde baie formait un port naturel dont l'eau limpide accueillait de nombreux bateaux de plaisance qui battaient pavillons de diverses nationalités.

— Nous voici à Acapulco ! annonça le guide improvisé du haut des airs. C'est ici que j'ai appris à nager et à plonger. Venez, il y a une belle vue de là-bas.

Fuego traversa le havre en rasant l'eau et en zigzaguant parmi les voiliers. Au moment où il allait percuter la falaise, il s'éleva en piqué et se posa près du sommet sur une corniche juste assez large pour accueillir cinq personnes. Les damoiseaux et Ardor le rejoignirent. Le zeppelin se changea en un crampon à pointes pour chaussure d'alpiniste et se planta à côté d'Edwin.

Acculés à l'escarpement rocheux en forme de fer à cheval, les acolytes dominaient la baie et l'océan plus au large. Sur leur gauche s'étalait la ville érigée à flanc de montagne; sous leurs pieds, quelques individus escaladaient la paroi et s'arrêtaient sur de minuscules promontoires.

— Les plongeurs arrivent, se réjouit Fuego. Le spectacle va bientôt commencer. Nous sommes à la Quebrada. Ce n'est pas le plus beau des tremplins, mais c'est sans doute le plus spectaculaire. Les plongeurs de la Quebrada d'Acapulco constituent une grande attraction et des tas de gens viennent les voir chaque jour. Justement, regardez!

Il pointa un éléon qui, après avoir fait une courte prière, avait levé ses mains et fixait l'eau en bas.

— Que fait-il? demanda Edwin dans un murmure.

— Il compte les vagues. Il doit sauter au bon moment, de façon à atteindre la surface à l'instant où la masse d'eau qui se soulève est la plus importante. Car l'eau est peu profonde et, s'il se trompe, il va se rompre le cou.

Edwin n'eut pas le temps de déglutir que le plongeur s'élança, pieds tendus, bras écartés et corps arqué vers le ciel. Après s'être immobilisé une fraction de seconde dans les airs, il chuta tête première. Edwin se cramponna à Peccadille. Quarante mètres plus bas, l'acteur s'enfonça dans une haute vague. Après quelques secondes, sa tête émergea des eaux et un tonnerre d'applaudissements monta des gradins où s'étaient rassemblés des spectateurs sans aura. Fuego dit :

— Je n'ai pas effectué le saut de l'ange depuis longtemps… Je me demande si je suis rouillé.

«Oh non !» s'inquiéta Edwin qui souffrait d'hydrophobie depuis cet accident dont il avait réchappé, mais qui lui avait volé ses parents.

— Venez, ajouta Fuego. Je vais vous montrer où j'étais à l'arrivée du nouveau millénaire. Par ici la sortie !

Sans compter les vagues, il plongea dans le vide et arriva en bas au moment où les flots se retiraient. Edwin écarquilla ses yeux horrifiés. Mais le rêveur entra dans une ligne de faille et ils ne le virent plus. Ardor s'élança à sa suite. Aix hésita un instant et sauta elle aussi. Mais Edwin resta cloué sur place. Le plongeon était un sport qu'il n'avait jamais pu pratiquer, pas plus en rêve qu'en réalité. Des scènes défilèrent en se mélangeant dans sa tête : Aix, Ardor et

Fuego qui disparaissent dans le corail ; le plongeur qui s'enfonce dans la vague ; une voiture qui coule dans le fleuve glacial.

Sans en connaître la cause, dame Bagatelle perçut néanmoins son affolement.

— Veux-tu que je t'emmène ? lui demanda-t-elle.

Edwin fixa l'eau sans répondre.

— Nul ne pourra vaincre tes peurs à ta place, lui transmit Æth. Un songe est une bonne occasion de faire le premier saut, ne crois-tu pas ?

— Merci, Peccadille, murmura Edwin. Ça va aller… ça va aller.

En répétant cela, ce n'était pas l'activinertienne qu'il voulait convaincre que tout irait bien, mais lui-même. Il ne pouvait pas reculer. Il devrait de nouveau affronter les maldors ; ce n'était pas un saut dans l'eau qui allait l'effrayer.

— Allez-vous m'aider, Æth ? demanda-t-il néanmoins dans une timide pensée.

— Mon petit, tu as toute la détermination, les aptitudes et la vigueur qu'il faut pour réussir seul. Mais je suis là, bien sûr, je ne te quitte pas.

Edwin prit une profonde inspiration et sauta.

Trois paires d'yeux, un branchage flasque et une vieille armoire étaient tournés vers un grand écran qui montrait la baie d'Acapulco que venaient d'abandonner Fuego et ses visiteurs.

— Ils sont inséparables et vraiment rapides, fit remarquer la momie aux griffes argentées.

— C'est vrai, gémit la maldore végimale. Je ne vois pas comment nous pourrions leur soutirer ce fameux mode d'emploi.

L'activinertienne garda le silence, tout comme le Romain qui, après son accès de colère déplacé, préférait ne pas attirer sur lui l'attention du géant à la cape violette. Mais l'Ombre Mauve tourna brusquement sa capuche vers eux et, même s'ils ne voyaient pas son visage, ils sentirent ses yeux furibonds braqués sur eux.

— Vous m'énervez! tonna-t-il. N'avez-vous pas des rêveurs à traumatiser et de l'huile essentielle à récolter? Allez, partez! Tous les quatre! Laissez-moi réfléchir en paix.

Phantamar, Perfi Détorve, Terribelle Angoisse et Ilya Unmachin ne se le firent pas dire deux fois. Ils s'empressèrent de quitter le repaire et partirent chacun de leur côté.

Martial, jeune étoile montante qui adorait incarner les personnages historiques des pièces qu'il écrivait, était comme chaque soir sur les planches du théâtre. Mais, comme il avait emprunté un porche-brume contaminé par l'essence de peur, il se retrouva la vedette d'une œuvre qui promettait d'être des plus dramatiques.

Pour commencer, les acteurs qui l'attendaient de pied ferme sentirent son stress dès son arrivée. Ils perçurent ses frayeurs profondes et commencèrent par l'attacher sur une chaise pour lui raser la tête. Comme Martial voyait, à son grand désarroi, ses boucles blondes disparaître entre les lattes du plancher, son meilleur ami, Pierre, fit irruption sur la scène. Les mains chargées de papiers, il salua Martial et ses tourmenteurs comme si tout était normal.

— Ne pars pas, Pierre, aide-moi, je t'en supplie !

— Je suis trop débordé ! Oh là là ! Qu'est-ce que je suis débordé !

Pierre disparut derrière le rideau. Les autres comédiens pouffèrent. Martial lança un regard désespéré à ses bourreaux.

— Que me voulez-vous ?

— Te faire peur ! Qu'est-ce que tu crois ? répondit une éléone à la perruque poudrée qui personnifiait la reine Marie-Antoinette. Mais c'est pour ton bien, rassure-toi. Dis-moi : qu'est-ce qui t'effraie le plus ? Les rats ou les couleuvres ?

Martial, qui avait horreur des deux, eut si peur qu'il ne put répondre. À ce moment, les lumières de la salle s'éteignirent. Les acteurs lâchèrent un cri de surprise et s'éclipsèrent. Un projecteur s'alluma au plafond. Son faisceau orange aveugla Martial et le paralysa.

— Tu ne sais que choisir entre les rongeurs et les rampants ? gronda une voix en arrière-scène. Je suis généreux, je t'offre les deux. Sous toutes leurs formes, bien sûr !

Un gladiateur romain fit irruption sur le plateau. Il se campa devant Martial, leva les mains et lança :

— Que tous les castors, rats, hamsters et souris se jettent sur lui ! Que tous les serpents, tortues, lézards et alligators fassent disparaître son corps !

Une pluie de mammifères aux incisives en ciseaux tomba du plafond et s'amoncela sur les genoux, les cuisses, les épaules et la tête de Martial. Au même moment, des hordes d'ophidiens, de chéloniens, de sauriens et de crocodiliens jaillirent du sol et s'attaquèrent à ses pieds, à ses mollets, à ses mains, à ses bras. Quand le Romain sentit que l'effroi de sa victime atteignait son paroxysme, il dégaina son glaive. Il dégagea un bras et le côté du thorax du rêveur, déchira les manches de sa chemise et lui racla l'aisselle avec sa lame pour recueillir le suintement chargé de terreur.

En temps normal, Phantamar aurait pris plaisir à voir l'épouvante de sa victime et il se serait moqué de lui. Mais il n'avait pas le cœur à rire; plutôt soucieux, il ne se pardonnait pas son accès d'impatience qui avait provoqué la mauvaise humeur de l'Ombre Mauve et qui très certainement attiserait longtemps sa rancune. Son remords l'obsédait tant qu'il oublia de recueillir l'émanation de l'autre bras. Sa récolte ainsi bâclée, il disparut. Le faisceau orange s'éteignit avec son départ et Martial en profita pour se réveiller.

Edwin sortit la tête d'une eau sombre, entre un pétrolier et un court bateau à voiles. Devant lui ondoyait un chalutier dont le filet en forme d'entonnoir était rempli de crevettes. Étourdi, il sentit vaguement qu'on le tirait. L'instant d'après, il se retrouva assis dans une vedette multicolore.

— Ça va ? lui demanda une voix qui sortait du tableau de bord.

— Oui, merci, Peccadille. Merci de m'avoir secouru.

— Mais tu n'étais pas en danger. Tu t'en es même très bien tiré ! Par ce seul saut, tu as gagné à la fois les prix de la grimace la plus burlesque, du plus grand nombre de battements de bras à la seconde et du plus puissant cri jamais entendu. Bravo !

— Mais, ta plus grande victoire, c'est contre ta phobie que tu l'as remportée. Bravo ! ajouta Æth en s'adressant à son esprit.

Fier de son succès, Edwin se détendit.

— Maintenant, accroche-toi ! lança dame Bagatelle.

Il saisit le volant et l'embarcation automobile s'élança entre le navire-citerne et le voilier. Elle bifurqua pour éviter le bateau de pêche, dépassa une péniche et fonça sur un haut mur de métal qui s'élevait devant. Juste au moment où la collision allait avoir lieu, Peccadille se changea en deltaplane et s'éleva avec le garçon. De l'autre côté, elle dépassa un cargo avant de laisser tomber son passager au-dessus d'un catamaran qui tanguait au pied d'une autre paroi métallique. Edwin atterrit au milieu de ses amis sur le filet suspendu entre les deux coques à l'avant. Il comprit qu'ils étaient dans une écluse. Une énorme écluse. Dame Bagatelle les rejoignit sous l'apparence d'un seau bariolé.

— Pourquoi avons-nous plongé dans un passonge sans vérifier sa destination? demanda Edwin.

— Le récif n'était pas un passonge, le rassura Ardor, mais une porte ordinaire que Fuego a imaginée et qui abritait ce décor de l'autre côté. Nous sommes toujours dans la même strate.

— Où nous as-tu emmenés, Fuego?

— Au canal de Panamá.

L'important canal qui traversait le Panamá pour relier l'océan Pacifique et l'océan Atlantique comptait six écluses réparties sur quatre-vingts kilomètres. Son impact sur le commerce maritime avait été considérable. Grâce à lui, les bateaux n'avaient plus à contourner l'Amérique du Sud; ils économisaient ainsi beaucoup de temps et diminuaient considérablement leurs frais.

Les Français avaient entrepris la construction de cet ouvrage gigantesque en 1881, mais ils avaient dû abandonner et les États-Unis avaient pris la relève en échange du contrôle sur la zone. En 1914, le grand canal maritime avait ouvert ses portes à la navigation et, même s'il n'était pas accessible aux très gros bateaux, près de quinze mille navires franchissaient ses écluses chaque année. Chacun devait payer des droits de passage déterminés en fonction de sa taille, de sa cargaison et de son poids. Edwin fut surpris d'apprendre que la taxe la moins élevée avait été de 0,36 $ et qu'elle avait été versée quatre-vingts ans plus tôt par un aventurier qui avait parcouru le canal à la nage ! À l'opposé, un porte-conteneurs avait dû débourser plus d'un quart de million de dollars le printemps dernier.

— Les Américains ont conservé des bases militaires ici pendant neuf décennies et le Panamá n'a obtenu la possession complète de la zone qu'à la fin du siècle dernier, dit le rêveur. C'est avec les Panaméens que mes parents et moi avons célébré non seulement le nouveau millénaire, mais surtout la rétrocession du canal aux gens du pays.

Le soleil se coucha tout d'un coup pour céder la place à une pleine lune entourée d'étoiles. Des vannes s'ouvrirent dans le portail d'en face et des trombes d'eau entrèrent par gravité dans le sas. Le catamaran et les autres navires s'élevèrent rapidement. Quand le niveau de l'eau de ce côté atteignit la même hauteur que celui de l'autre bord, tout s'arrêta. Une voix omniprésente clama :

— Dix, neuf, huit, sept, six, cinq, quatre, trois, deux, un…

Une pétarade retentit et le ciel s'illumina de mille feux colorés. Une foule invisible cria sa joie.

— Bonne année! Bienvenue en l'an 2000! Vive le Panamá!

Au même moment, les portes du sas s'ouvrirent. De petites locomotives disposées sur des rails de chaque côté tirèrent les embarcations pour les aider à s'engager dans le canal. Mais elles remorquèrent un catamaran vide, car Fuego avait déjà emmené les acolytes ailleurs.

Il les entraîna au Venezuela, au Brésil, en Argentine, au Chili, au Pérou, au Costa Rica, au Nicaragua, au Honduras et au Guatemala. Bref, il leur fit suivre le tracé de sa vie de bohème qui, si elle n'était pas bien longue encore, était déjà richement remplie. Tout en leur faisant survoler ces endroits où il avait vécu, il leur raconta les expériences qu'il avait tirées de ses aventures. Les acolytes apprirent à quel point ce garçon était téméraire, agile et rusé. Le surnom de feu follet que lui avait donné le parchecret aux énigmes lui allait à merveille, décidément; il était vif, instable et insaisissable. Ils découvrirent aussi qu'il ne pouvait pas tolérer la méchanceté, l'injustice ou la malhonnêteté.

— Plus je te connais, dit Aix, plus je pense que tu ne pourras pas refuser de nous aider à arrêter les maldors!

— C'est d'accord, répondit Fuego en pinçant les lèvres.

Avant que les acolytes aient le temps de se réjouir de son changement d'avis, il ajouta:

— Je les ferai disparaître quand j'ouvrirai les yeux. Tout comme vous!

Et il éclata de rire en reprenant son vol. Plus vite que ne l'aurait fait l'ancien Concorde, il quitta l'espace aérien guatémaltèque en entraînant ses compagnons dans son sillage et ils revinrent au Mexique. Fuego longea la côte, dépassa la zone hôtelière et se posa sur la place centrale d'un ancien village inca aux bâtiments de faible élévation, entouré d'une épaisse muraille.

— Bienvenue à Tulum. C'est un de mes endroits préférés de la Riviera Maya. La taille des temples n'est pas tellement impressionnante, mais le site offre une vue imprenable sur la mer. Et j'ai un bon copain qui habite ici. Ne bougez pas, je vais vous le présenter. Il va vous plaire!

Fuego se tourna vers un temple en ruine érigé au bord de la falaise et appela :

— Ohé ! Quetzalcóatl !

Un serpent couvert de plumes, muni de deux ailes et de quatre bras, sortit des vestiges. Dans ses mains il tenait un épi de maïs, un poisson, un lézard et un vautour. Devant cette affreuse apparition, n'importe quel humain aurait pris ses jambes à son cou, mais, comme les auranocles d'Edwin faisaient apparaître une aura explosive autour de la créature, il sut qu'il s'agissait d'un inoffensif sortilégeois et il n'éprouva aucune peur.

— Quetzalcóatl est le dieu de l'intelligence, expliqua Fuego. Il a jadis déjoué les gardiens des enfers en prenant l'apparence de son frère Xolotl, un être à tête de chien qui est le dieu de la nuit et de la mort. Les gardiens des ténèbres ont donc pris Quetzalcóatl pour leur maître et ils l'ont laissé passer. Il en a profité pour dérober les ossements des défunts, qu'il a ramenés à la vie. C'est ainsi qu'il a créé notre peuple !

De loin, Fuego salua le serpent à plumes d'une révérence. L'autre lui répondit en agitant ses quatre bras et retourna dans son temple.

Le rêveur écarquilla les yeux, étira ses bras et bâilla.

— Tu vas bientôt te réveiller, jeune Sueño, lui dit Aix. Rejettes-tu toujours l'idée que tu es un portefaix ? Vas-tu t'entêter à nous refuser ton aide ? Je suis sûre que ton ami Quetzalcóatl serait très fier de toi si, comme lui, tu nous aidais à combattre le mal.

Les fossettes qui creusèrent les joues de Fuego trahirent son amusement. Il fut incapable de se retenir et il éclata de rire.

— Il faudrait être bougrement idiot pour croire la légende que je vous ai racontée ou l'histoire que vous essayez de me faire avaler. Franchement ! Avouez qu'il ne se trouve nulle part de Zone onirique ou d'enfer, que les maldors n'existent pas plus que Xolotl et qu'il n'y a jamais eu d'Oneiros ni de Quetzalcóatl.

Après avoir retrouvé un peu de sérieux, il ajouta :

— Sincèrement, je voudrais bien te faire plaisir, Aix, car je te trouve bien gentille. Vous m'êtes tous sympathiques. Mais je refuse de croire ce récit, qui est juste le fruit de mon imagination.

Aix eut un long soupir découragé, Ardor gémit et Peccadille se dégonfla.

— Écoute, Fuego, dit Edwin. Parce que tu rêves, tu penses que nous n'existons pas. C'est normal. Mais si nous t'appelons demain, admettras-tu que nous t'avons raconté la vérité ?

— Bien entendu. Sauf que je sais que je n'entendrai jamais parler de vous !

— Détrompe-toi, je vais te téléphoner. Avec mon ami Balthazar que tu as entrevu tout à l'heure. Tu auras ainsi la preuve que la Zone existe, que tu es un portefaix et que nous avons besoin de toi.

— D'accord. Mon numéro est le…

— Je le connais déjà, dit Edwin. Bou a appelé chez toi hier soir. Mais tu n'étais pas là, tu étais parti jouer au ballon.

Fuego pouffa à nouveau en secouant la tête avec scepticisme et son rire se mua en bâillement. Il s'envola vers la tour de chute la plus proche et emporta son décor avec lui. Les acolytes se retrouvèrent sur un plancher clair si épais qu'on ne voyait pas de l'autre côté, surmonté d'un ciel vaporeux qui diffusait une douce clarté incolore. Au même moment, un signal retentit à l'intérieur du ballon. Peccadille se réjouit.

— C'est ma dynamappe ! Je lui avais demandé de m'informer si Éolie recommençait à rêver.

Edwin consulta sa montre-fuseaux et s'étonna.

— Il est plus de dix heures du matin, en France ! Comment peut-elle encore dormir ?

— Peu importe, dit Ardor. Allons la relancer.

Si la strate avait perdu son décor, elle avait néanmoins conservé ses portes. Certaines étaient des trous dans le sol, d'autres de petites cheminées de verre et d'autres encore des bulles en suspension. Là où s'était trouvé le temple de Quetzalcóatl et auparavant la statue du pélican devant le restaurant lévitait un de ces passonges flottants. Ils y plongèrent.

15

Un formidable intraférage

Les acolytes émergèrent du passonge à l'orée d'un parc.

— Où est Bou? demanda Edwin.

— Il a dû suivre mon conseil et aller se promener, dit Ardor.

Plus loin se trouvait un four à pain. C'était l'entrée du passonge suivant. Ils s'apprêtaient à sauter dans sa gueule quand Balthazar les héla et accourut.

— Avez-vous convaincu Fuego? demanda-t-il.

— Non, répondit Edwin. Tu vas l'appeler plus tard. Que faisais-tu?

— J'ai rencontré une gentille bibliothécaire et je l'aidais à ranger ses livres. Je suis néanmoins heureux de vous voir arriver. Vous repartez déjà? Vous alliez partir sans moi?

— Nous retournons voir Éolie Somne, expliqua Peccadille.

— Puis-je venir? S'il vous plaît! pria Bou même s'il connaissait la réponse.

— Non! répondit Aix d'emblée. Pas tant que la damoiselle n'aura pas intraféré sa sphériole.

— Nom d'un système d'exploitation! Vous abusez de ma mémoire quand ça vous convient, mais dès que survient le moindre petit bogue vous me laissez tomber comme une vieille disquette!

— Arrête ton cirque, dit Edwin. Tu sais que nous n'avons pas le choix.

— Eh oui. Mais j'ai hâte que toute l'équipe soit immunisée.

— Immunise-toi toi-même et tu n'auras plus de problèmes, dit l'éléone en lui décochant un clin d'œil.

Froissé qu'elle lui rappelle ses échecs, il croisa les bras et se détourna, boudeur.

— Va retrouver dame Kontoura, dit Ardor en lui tapotant le dos.

Quand Balthazar se retourna, ils n'étaient plus là. Il soupira et retourna auprès de la bibliothécaire qui par bonheur connaissait des tas de belles histoires.

Le géant à la cape mauve était seul dans son antre, les yeux rivés sur un grand écran qui montrait le parc de dame Kontoura, quand le gladiateur romain entra silencieusement avec un air contrit. Il considéra le cylindre clair posé au centre du guéridon. Heureusement, il ne l'avait pas cassé !

— Je m'excuse de m'être emporté tout à l'heure, bredouilla-t-il. Ça n'arrivera plus.

— Je l'espère, dit le géant capé sans se retourner. La colère est mauvaise conseillère.

L'autre leva les yeux vers l'immense dyna-mappe. Il vit le jeune Canier qui rejoignait dame Kontoura, tandis que ses acolytes disparaissaient dans un four à pain.

— Zut ! gronda Phantamar. Il est toujours sous la garde d'une nounou et les autres ne se quittent pas d'une semelle. Comment allons-nous obtenir ce fameux mode d'emploi ?

— Patience, murmura l'Ombre Mauve. Une occasion finira bien par se présenter. Et si ça tarde trop nous attaquerons. Retourne à tes occupations. Je vous ferai signe.

Le songe d'Éolie Somne se déroulait à dix kilomètres à l'ouest du centre lyonnais. Elle marchait dans l'herbe le long des vestiges

229

d'un très vieux pont qui avait jadis été constitué d'une file d'arches imposantes soutenant un canal aérien en maçonnerie. C'était une partie d'un ancien aqueduc. Un miaulement en provenance du dessous d'une voûte attira son attention. Elle découvrit un gros chat caramel affublé d'un collier fait d'une suite d'anneaux multicolores entrelacés.

— Qu'est-ce que tu fais là, toi? dit Éolie en s'accroupissant.

Le félin ronronna. Il mouilla sa patte de quelques coups de langue et, plutôt que de se laver les oreilles comme le font les chats normaux, il passa ses doigts écartés en peigne sur sa tête en relevant le menton à la façon des gens qui veulent qu'on remarque leur belle chevelure. Éolie fut surprise par ce geste qui n'était pas le propre d'un animal. Elle réalisa soudain que le chat était de la couleur des animaux qu'avait incarnés le chien la nuit dernière. Son museau était aussi flanqué du même huit rose. Elle se releva brusquement.

«Si cette étrange bête est revenue, ses amis ne doivent pas être loin», se dit-elle. Elle prit peur. Sans cesser de fixer le chat, elle recula jusqu'à ce qu'elle se retrouve adossée à la structure de pierre, de façon à ce que nul ne puisse la surprendre par l'arrière.

— S'il vous plaît, montrez-vous, souffla-t-elle. Je préfère voir mes assaillants plutôt que de ne pas savoir où ils sont.

Aix et Edwin sortirent de derrière un pilier.

— Pourquoi me harcelez-vous? gémit la rêveuse.

D'une voix douce, Aix lui répéta qu'ils avaient besoin de son aide pour arrêter les maldors.

«Ils parlent à nouveau de cauchemars et de combats!» Éolie se mit à trembler.

— Je suis pacifique et, de toute façon, je suis si faible que je serais incapable de me battre contre qui que ce soit. Allez-vous-en, par pitié!

Edwin doutait qu'ils parviennent à convaincre cette jeune fille de les suivre dans leur croisade.

— Pourquoi ne pas employer le même stratagème que pour Fuego? lui suggéra Æth silencieusement.

— Vous avez raison! Si nous l'appelons, elle sera obligée de nous croire. Merci!

Il reprit à l'intention de l'adolescente:

— Éolie, je sais que tout ça est très difficile à croire, mais je te demande de nous donner l'occasion de te prouver que nous disons vrai, que la Zone onirique existe et que nous avons besoin de toi pour y ramener le calme.

Comme elle ne disait rien, il poursuivit :

— Si tu me donnes ton numéro de téléphone, je t'appellerai après notre réveil.

Elle croisa ses bras sur sa poitrine, fit une moue méfiante et recula d'un pas, ce qui signifiait qu'elle refusait.

— Pourquoi pas ? insista Aix. Puisque tu rêves et que nous ne sommes que des personnages irréels, tu ne risques rien en nous dévoilant ton numéro !

Éolie réfléchit quelques secondes avant de secouer la tête énergiquement.

— Mais pour quelle raison refuses-tu ? s'étonna Edwin.

— J'ai… j'ai toujours suivi les conseils de ma mère et elle m'interdit de donner notre numéro à des étrangers…

Edwin déchanta. Si cette Éolie Somne était si peureuse qu'elle allait jusqu'à refuser de donner son numéro à des personnages qu'elle croyait appartenir à ses rêves, ils n'en obtiendraient jamais rien. L'équipe des portefaix ne serait jamais complète et ils ne pourraient jamais vaincre les maldors. Il leva les yeux au ciel en se demandant en quoi, de toute façon, cette fille pourrait les aider, alors qu'elle était trouillarde jusqu'au bout des ongles et méfiante jusque dans ses songes.

— Savoir se battre n'est pas tout, lui souffla Æth. Éolie Somne a d'autres grandes qualités tout aussi importantes.

Edwin ferma les yeux et demanda à sa sphériole comment ils devaient s'y prendre pour convaincre Éolie.

— Laissez agir le temps, lui répondit-elle.

Plus personne ne soufflait mot. Sous ses sourcils froncés, Éolie fixait les acolytes. Réfléchissait-elle, ou attendait-elle qu'ils partent? Eux se demandaient comment lui faire rallier leurs rangs sans lui parler de l'épidémie de cauchemars ou des maldors. C'était impossible. C'était peine perdue. En fait, tout semblait perdu, non seulement leur peine, mais leur mission dans sa totalité. Les secondes passaient. Ils n'avaient plus qu'à quitter la strate, maintenant, quand soudain Éolie murmura:

— Cependant…

Trois paires d'yeux et un collier, agrandis d'espoir, se braquèrent sur elle.

— Cependant, j'accepte de vous dévoiler une de mes coordonnées personnelles.

— Laquelle? s'enquit Aix en retenant son souffle.

— Mon adresse électronique. C'est: « *o8tf77ajtnWrcR12od@jaune-rouge.fr* ».

Edwin la fit répéter. Il se gratta la tête.

— Pourquoi as-tu choisi une adresse pareille?

Éolie rougit et avoua qu'il s'agissait de deux informations qu'elle trouvait originales, soit le nom d'utilisateur et le mot de passe qu'on lui avait attribués lors de l'ouverture de son premier compte Internet; elle avait fini par les apprendre par cœur et les avait conservés comme identifiant.

— Avec une formule aussi embrouillée, tu ne dois pas avoir tellement de correspondants…

Elle haussa les épaules.

— Je me demande comment retenir un code aussi complexe, murmura Edwin. Je suis sûr que même Bou aurait du mal à y parvenir…

— Mon cher, tu as trouvé la solution! s'exclama Ardor par télépathie.

— Oui, Balthazar saura le mémoriser, transmit Peccadille. Je vais tout de suite le trouver.

— Je viens aussi, ajouta Aix.

L'éléone et l'activinertienne trouvèrent Balthazar assis sur un monticule de bouquins dans une longue barque plate aux hautes extrémités recourbées qui avançait doucement en glissant sur un chemin de marbre sillonnant un verger où les fruits étaient des livres accrochés aux branches.

— Eh! Salut! lança le garçon en apercevant ses amies. Ardor a eu une bonne idée en m'emmenant dans ce biblioparc. J'y ai rencontré dame Kontoura, sa conservatrice. Elle connaît des tas d'histoires. Et elle est si gentille! Comme j'étais fatigué de marcher, elle m'a offert de me transporter. Merci, Péotte!

Et il débarqua de la gondole.

— De rien, damoiseau, répondit la barque vénitienne. Ça m'a fait plaisir de faire ta connaissance; tu es un auditeur attentif! Bonjour Aix! Bonjour Peccadille! Venez-vous vous balader avec nous?

Elles déclinèrent l'invitation. Péotte Kontoura les salua en agitant son unique aviron et reprit son chemin. Ils la virent s'arrêter sous un arbre, attraper un livre avec sa rame et l'accrocher à un rameau; elle s'éloigna en continuant de remettre les volumes à leur place.

— Avez-vous réussi à convaincre Éolie? demanda Bou.

— Pas tout à fait, répondit Peccadille.

— Elle nous a cependant donné son adresse électronique, ajouta Aix, mais elle est plutôt complexe et malaisée à retenir, alors…

— Enfin quelque chose à faire! s'exclama Bou. Je t'écoute.

— Vas-y! transmit le ballon à Ardor, demeuré avec Edwin et Éolie.

Le chat demanda à la rêveuse d'énoncer lentement les caractères de son code, qu'il diffusa au fur et à mesure à Peccadille, laquelle les répéta à Balthazar. À la fin, ils firent l'exercice inverse; le garçon nomma successivement ce qu'il avait mémorisé et l'aiguilleuse le souffla par télépathie à son confrère qui le répéta de vive voix à Éolie. Celle-ci hocha la tête pour indiquer que tout était exact.

— Il est très important que tu t'en souviennes, commanda Aix à Balthazar.

— Pas de problème!

Edwin et Ardor vinrent aussitôt les rejoindre. Les Oneiros racontèrent à Bou leur virée avec Fuego Sueño et la nouvelle rencontre avec Éolie Somne. Edwin qui les écoutait distraitement se mit à bâiller. Il ressentait de plus en plus l'appel du réveil. Balthazar ne tarda pas à l'imiter, en essayant tant bien que mal de cacher ses amygdales de sa main.

— Hé! s'exclama Aix en affichant un air inquiet.

Cela fit sursauter tout le monde et chassa le repos qui alanguissait les damoiseaux.

— Bou! reprit-elle. Es-tu sûr que tu te souviendras de l'adresse?

— Oui je m'en souviendrai, s'offusqua-t-il. Allez-vous finir par me faire confiance, à la fin?

Plutôt que de répondre, elle lui demanda de répéter l'information, ce qu'il fit non sans rechigner, mais sans se tromper non plus.

Edwin partageait pourtant l'inquiétude d'Aix. Son ami, qui n'avait toujours pas de sphériole, oublierait peut-être tout à son réveil? Ce serait catastrophique s'il ne retenait pas l'adresse de messagerie bizarroïde d'Éolie.

— Il faut absolument que tu absorbes une sphère de puissance avant de te réveiller, dit Aix.

— C'est quand vous voulez; moi, je suis prêt depuis longtemps.

— J'appelle Chape Doëgne, dit Peccadille.

Ils doutaient pas moins que Bou réussisse l'intraférage; il n'était plus assez fatigué. «Qu'arrivera-t-il s'il échoue?» se demanda Edwin.

— Pense à ta musette… suggéra aussitôt Æth à son esprit.

— Ma musette? répéta-t-il dans sa tête.

Il passa mentalement en revue les trésors de son petit sac. Et l'un d'eux lui donna une idée.

— Merci Æth!

Il fouilla dans le sac et en sortit sa montre-fuseaux.

— Ce sera encore plus efficace si tu utilises l'autre format, souffla Æth.

— Vous croyez que je pourrai y arriver? s'étonna-t-il.

— Oui… sauf si tu en doutes toi-même…

Sa sphériole lui lançait un défi? Il le relèverait! Il retourna le petit globe, poussa le bouton de sélection et l'instrument sextupla de volume.

— Es-tu si reposé que tu ne peux plus lire l'heure sur une petite montre? se moqua Bou, qui savait pourtant que rien ne pouvait affecter l'excellente vue de son ami.

Edwin inspira et expira lentement sans répondre.

— Que veux-tu faire avec ton horloge-fuseaux? demanda Aix.

— Je vais l'intraférer.

— Tu ne peux pas faire ça! C'est beaucoup trop volumineux! Même un gardien-aiguilleur aguerri ne saurait y arriver. C'est pour ça qu'on a fabriqué le modèle réduit.

— J'y arriverai. Je sais que j'en suis capable.

La damoiselle jeta un regard suppliant aux aiguilleurs en espérant qu'ils l'empêcheraient de faire cette bêtise, mais ils ne dirent rien.

— Es-tu certain de devoir faire ça ? demanda Bou avec crainte. Ça semble risqué et, si c'est juste pour m'impressionner, ça ne vaut pas le coup...

Edwin lui demanda de se taire et lui conseilla de bien regarder. Il fixa la grosse boule de verre en oubliant ses spectateurs pour ne plus voir qu'elle. Il s'imagina en train de l'aspirer comme si c'était une bouffée d'air. Ses amis retenaient leur souffle et écarquillaient les yeux, sceptiques, mais gonflés d'espoir.

Edwin et l'objet se mirent à vibrer. La sphère pivota sur elle-même et commença à tourbillonner autour de lui en accélérant. Sa trajectoire devint bientôt en cerceau quasi translucide. Après plusieurs secondes, le globe s'enfonça dans sa poitrine dans un éclair argenté et le choc le projeta au sol. Les autres acclamèrent sa victoire et l'aidèrent à se relever. Il secoua la tête et sourit. Il avait réussi ce qui était réputé impossible !

— Mille milliards de mille octets ! s'écria Bou. C'était fantastique ! Qu'as-tu ressenti ?

— D'abord un énorme épuisement, mais qui ne dure qu'une fraction de seconde. Après, on se sent très détendu. Tu verras, Bou ; c'est merveilleux !

— Si j'y arrive...

— Tu vas y arriver. Pourquoi penses-tu que j'ai fait ça ?

— Oui, pourquoi as-tu fait ça, jeune Robi ? demanda quelqu'un derrière eux.

L'ange venait d'arriver. Il fixait Edwin avec des yeux mi-fiers, mi-fâchés.

— Sieur Doëgne ! se réjouit Balthazar. C'est à mon tour ! C'est à mon tour !

— Attends, tu n'es pas prêt, s'opposa Edwin.

Balthazar qui n'attendait que ce moment fut choqué par son intervention. Il toisa son ami. Mais il vit tant d'affection et d'assurance dans les yeux d'Edwin que sa contrariété se dissipa.

— Nous allons utiliser les larmes-scanâme, expliqua Edwin. Tu vas connaître toutes mes pensées et vivre toutes mes expériences des vingt-quatre dernières heures. Tu vas ainsi comprendre comment j'ai intraféré l'horloge-fuseaux et tu pourras ensuite absorber ton étoile facilement.

Il extirpa de la musette la fiole de potion et sa gourde, prit une rasade d'eau et passa les deux contenants à Bou, qui mit une goutte de sirop sur sa langue. Comme son ami s'apprêtait à boire à son tour, Edwin s'inquiéta tout à coup.

— Oh non, Æth ! Il va capter nos échanges et découvrir que les sphérioles peuvent communiquer !

— Ne t'inquiète pas. Si je t'ai fait cette suggestion, c'est parce que je savais qu'il n'y avait aucun risque. J'ai filtré tes pensées et je n'ai pas laissé passer celles-là.

— Ouf !

Bou avala une gorgée d'eau et l'éclair de connaissance illumina aussitôt ses yeux.

Une demi-heure plus tard, Balthazar, enchanté d'avoir intraféré sa sphériole qui avait la taille d'un raisin, soulagé de faire enfin pleinement partie de l'équipe des acolytes et détendu par son exploit, fut incapable de combattre le réveil et il disparut sous les applaudissements de ses amis.

— Je vous laisse, maintenant, annonça Edwin. Bou et moi allons écrire à Éolie et appeler Fuego dès ce matin.

16

Persuasion

Sitôt réveillé, Edwin entendit des bips-bips. Ça provenait de son talkie-walkie. Il sauta du lit et se précipita à sa fenêtre, radio à la main.

— Viens chez moi! lança Bou.

Edwin se réjouit: son ami semblait en possession de toutes ses facultés. Il courut chez les Canier.

— Tu te souviens de l'adresse d'Éolie? demanda Edwin en ouvrant la porte de la chambre de Balthazar.

— J'ai déjà le début: *o8tf77ajtnWr*. Mais pour la suite, j'hésite entre deux groupes de caractères: *12odcR* ou *cR12od*? Je suis presque sûr que c'est le second, mais nous enverrons un courriel aux deux adresses pour ne pas prendre de risque. Le tout à *jaune-rouge.fr*, bien sûr.

— C'est fantastique, Bou! Comment as-tu pu te rappeler un tel charabia?

— C'est facile; j'ai utilisé un de mes trucs d'association mentale. Ici, j'ai trouvé des mots qui commencent par chaque caractère du courriel d'Éolie et j'ai ajouté des articles de liaison pour que ça forme une phrase facile à retenir.

Balthazar tourna l'écran vers Edwin et récita:

— *Un octopode à 8 tentacules fêtait son 77ᵉ anniversaire un jour de tempête de neige à Washington. Il reçut une carte de Roméo et 12 œufs durs.* Mais ce pourrait aussi être: *Il reçut 12 œufs durs et une carte de Roméo.*

Edwin fut ébloui par l'astuce. Il s'empressa de composer son message.

« *Chère Éolie, je suis Edwin Robi. J'espère que tu ne m'as pas oublié; je t'ai visitée deux fois en rêve cette nuit avec mes amis Ardor, Aix et Peccadille. Tout ce que nous t'avons dit est vrai; la Zone onirique existe et nous avons besoin de ton aide pour ramener le calme dans les songes. Je t'en prie, accepte de nous écouter.* »

Il saisit les deux adresses dans la fenêtre prévue à cette fin et envoya la missive.

— Il ne nous reste plus qu'à espérer qu'elle réponde…

Il ne s'était pas écoulé deux secondes qu'un courriel leur fut retourné par le serveur. Comme prévu, un des deux identifiants avait été rejeté comme inexistant, celui se terminant par *r12odcR*. L'autre avait manifestement atteint sa destinataire.

— Au tour de Fuego, maintenant ! s'exclama Bou. C'est à moi de jouer.

Balthazar se débrouillait plutôt bien en espagnol, mais, comme il était nerveux et qu'il ne voulait pas faire d'erreur, il mit toutes les chances de son côté. Il s'installa à l'ordinateur et se brancha sur un site qui permettait de traduire des phrases du français à l'espagnol et vice-versa. Le haut-parleur du téléphone fut activé pour qu'Edwin puisse lui aussi entendre la conversation et Bou composa le numéro des Sueño. Une dame répondit après la seconde sonnerie.

— *¡Holá!*[1]

— *Buenos dias, señora. Fuego, por favor*[2].

— *Un momento*[3].

Tandis qu'il attendait, Bou pianota sur son clavier d'ordinateur et inscrivit dans la case destinée au texte source : « *Ici Balthazar et Edwin, les amis d'Aix, Ardor et Peccadille. Ça peut te paraître impossible mais tout ce qu'on t'a raconté cette nuit dans ton rêve est vrai !* » La traduction en espagnol s'afficha à l'écran et,

---

1. « Allo ! » (espagnol)
2. « Bonjour, madame. Fuego, s'il vous plaît. » (espagnol)
3. « Un moment. » (espagnol)

au même instant, quelqu'un reprit le combiné à l'autre bout.

— *¡Holá!* dit la voix de Fuego.

Bou lut son texte à voix haute dans le micro. Il y eut un long silence gêné. Edwin demanda à l'outil de traduction la transcription espagnole de « *Es-tu là ?* » et il posa la question.

— *Si… si, estoy ahí*[1], répondit le jeune Mexicain avec hésitation.

Il fallait maintenant que les garçons trouvent les mots qui lui feraient accepter la vérité. Edwin commença par remercier Fuego de leur avoir fait visiter tant de sites remarquables. Avec l'aide de Balthazar, il évoqua le rêve en détail afin de démontrer que leurs esprits s'étaient bel et bien rencontrés. Au début, Fuego les écouta en silence, mais il ne tarda pas à ponctuer leurs descriptions par des oh! et des ah! enchantés.

Edwin conclut en indiquant qu'il ne pouvait pas dire si la légende de Quetzalcóatl était vraie, mais qu'il pouvait cependant assurer que le pays des songes n'était pas un mythe, que les rêveurs étaient sérieusement menacés par les maldors et que lui, Fuego Sueño, était un portefaix qui devait aider les bons Oneiros à chasser les rebelles et à rétablir l'ordre.

---

1. « Oui… oui, je suis là. » (espagnol)

À leur grande surprise, Fuego les crut enfin et ce fut avec enthousiasme qu'il accepta de se joindre à eux. Edwin et Bou le remercièrent et lui assurèrent qu'ils se reverraient le soir même dans la Zone onirique. Fuego en fut ravi.

☾✳☾

Edwin avait invité Bou à dormir chez lui. Ils avaient hâte que le soleil se couche pour en faire autant. En attendant, ils étaient au salon avec Cécile qui écoutait le journal télévisé. Edwin avait vérifié sa boîte de réception de messagerie électronique toutes les demi-heures, mais Éolie n'avait pas donné signe de vie. Il était maintenant très tard en France. Trop tard pour qu'il espère recevoir une réponse. Déçu, il soupira bruyamment.

— Chut! On parle de la pandémie, dit Cécile en haussant le volume de la télé.

Le présentateur de nouvelles rapporta qu'au sixième jour de l'épidémie de cauchemars les deux tiers de la population mondiale avaient été touchés. Dans chaque nouveau lot de victimes, il y avait toujours quelques personnes qui déclaraient que des monstres les avaient retenues prisonnières de leur rêve en les paralysant avec un faisceau orange et qu'ils les avaient terrorisées à l'extrême pour enfin leur racler les aisselles avant de les laisser se réveiller. Du côté de la médecine, les principaux responsables avouaient que la science n'était pas encore en mesure de venir à bout de ce mystérieux fléau. Le ministre de la Santé garantissait toutefois que tout avait été mis en œuvre pour aider les spécialistes à trouver rapidement des solutions.

— Nous montons, murmura Edwin. Bonne nuit, mamie.

— Bonne nuit les garçons.

— Tu as l'air bien abattu, dit Bou quand ils gravirent l'escalier.

— Il y a de quoi ! Les cauchemars continuent de se propager et nous ne pourrons rien faire tant que l'équipe des portefaix ne sera pas au complet. Or, il semble bien qu'Éolie ait ignoré mon courriel.

— Nous avons au moins convaincu Fuego. Ensemble, nous trouverons une solution. Ne t'en fais pas.

Les garçons préparèrent le canapé-lit. Lorsque Edwin s'approcha de son bureau pour éteindre l'ordinateur, il vit clignoter dans un coin l'icône qui représentait une enveloppe cachetée. Son cœur se mit à battre plus vite. Il cliqua et s'exclama :

— Elle a répondu !

Il lut le message à son ami :

« *Bonsoir, Edwin. J'ai longuement hésité avant de t'écrire. Mais je dois admettre que tu dis la vérité. J'accepte de te recevoir dans mon rêve et de t'écouter. Mais je refuse de me battre.* »

— Puce, alors ! s'exclama Balthazar. Elle ne veut toujours pas nous aider.

— Elle ne refuse pas de nous aider, mais de se battre. C'est différent. Et elle accepte de nous rencontrer. C'est déjà bien ! Allez, tâchons de nous endormir pour vite retrouver nos amis. Eux auront peut-être une idée pour l'amadouer ?

Chacun se glissa dans son lit. Ils se dirent « À tout de suite ! » et s'endormirent presque aussitôt.

Quand Edwin arriva sur l'esplanade, Jandal et Fuego étaient déjà avec les Oneiros. Balthazar arriva peu après. Il semblait aux anges. Tout en serrant les mains, il annonça :

— Le sieur Doëgne est venu me trouver dans mon rêve et, avant de m'envoyer ici, il m'a appelé une sphériole. Ce n'est pas la même qu'hier qui est venue. Celle-là était grosse comme un œuf et je l'ai intraférée comme ça !

Il fit claquer ses doigts et poursuivit :

— Il paraît que les étoiles savent de quoi on a besoin d'une nuit à l'autre et que la taille de celle qui vient à nous varie en fonction de notre niveau de stress, de ce qu'on a à réaliser en rêve et de notre aptitude à intraférer… Le gardien m'a aussi remis ma musette de tréfonds-trucs.

Il ouvrit avec respect la petite bourse qu'il avait passée en bandoulière, enfila ses auranocles et avala son iniphone. Les autres garçons qui étaient aussi sphériolés et équipés l'imitèrent et tous se sourirent en se regardant à travers leurs lunettes bariolées.

— Je vous suis très reconnaissant d'avoir insisté pour me convaincre, transmit Fuego. Après votre appel, je n'ai plus eu qu'une idée ; m'endormir pour recommencer à rêver.

— Moi aussi, répondirent en chœur Jandal et Balthazar au moyen de leur iniphone.

— Je vous comprends, intervint Edwin. C'est pareil pour moi depuis une semaine.

— Fuego et Jandal connaissent la situation en détail, nous avons partagé nos pensées avec eux grâce aux larmes-scanâme, annonça Ardor.

Edwin hocha la tête en signe d'approbation.

— Avez-vous pu communiquer avec Éolie ? lui demanda Aix.

— Oui. Elle accepte de nous recevoir dans sa strate, mais je crains qu'elle refuse de se battre.

— Ma dynamappe l'a déjà localisée, annonça Peccadille. Venez, elle est par là.

Trois passonges plus tard, les acolytes firent irruption dans les traboules du vieux Lyon, devant l'hôtel du Bœuf. Le bovin perché au coin du bâtiment n'était plus un acteur végimal, mais une sculpture ordinaire, comme dans la réalité. Éolie était devant. Elle n'avait pas remarqué leur arrivée.

— Ohé! Nous sommes là! lança Balthazar.

Elle tressaillit et fit apparaître une garde de six grands hommes musclés autour d'elle. Lorsqu'elle se retourna, elle sursauta à nouveau en découvrant autant d'intrus et doubla du coup ses effectifs. Elle avait bien sûr reconnu Edwin et Ardor, mais les quatre étrangers et le gros ballon qui les accompagnaient l'avaient effarouchée. Inconsciente du danger que son anxiété faisait planer sur les nouveaux arrivants, elle s'enfuit en empruntant une traboule, pendant que les douze sbires commandés par son esprit s'avançaient lentement vers eux. Leur absence d'aura les identifiait comme des êtres imaginaires, donc imprévisibles et potentiellement très dangereux. Comme la veille, Peccadille se mua en un grand bol et souleva Aix, Bou, Jandal et Edwin à la hauteur des toits. Mais Fuego et Ardor étaient trop loin. Fuego fixait les sbires avec ébahissement. Ardor fut horrifié de le voir soudain marcher vers eux.

— Ne bouge pas, souffla le chien. Il ne faut pas attirer leur attention.

Fuego s'arrêta, mais sans cesser d'admirer les créatures sans aura. L'aiguilleur se métamorphosa en grizzly roux et bondit entre l'adolescent et les figurants. Quatre sbires se jetèrent sur lui. Il les déchira d'un coup de patte et ils s'évanouirent, mais pour réapparaître aussitôt derrière les huit autres.

Un hurlement retentit en haut des toits. Fuego leva la tête et vit trois nouveaux personnages sans aura fondre sur ses amis. Ceux-là n'incarnaient pas des hommes, mais d'horribles créatures. Un serpent à huit ailes frappa de ses cornes de fer la coquille créée par Peccadille pour faire tomber ses passagers. De l'autre côté, un cactus à moitié estropié tenta d'atteindre les damoiseaux avec ses tiges aplaties en forme de raquettes couvertes de piquants. Un grand casier de pêche pyramidal auquel il manquait un de ses quatre côtés se plaça dessous pour happer quiconque tomberait.

— Attention, Fuego! cria Ardor.

Le garçon plongea au sol juste à temps pour éviter d'être pris en sandwich entre un imposant gladiateur romain et un colosse vêtu d'un grand manteau violet. Il se releva et brandit un poing vers les deux géants.

— Quittez cette strate, figurants!

— Les cinq derniers ne sont pas des êtres imaginaires, lui transmit Ardor par télépathie. Ce sont les maldors!

L'Ombre Mauve et Phantamar se posèrent devant Fuego. Ardor et lui étaient encerclés. Sans quitter des yeux les deux maldors, l'adolescent recula vers les sbires irréels qu'il jugeait moins dangereux.

Là-haut, Peccadille vacillait sous les assauts des trois autres rebelles et les garçons en perdirent leurs auranocles qui s'écrasèrent sur les pavés. Mais ils ne furent cependant pas gênés par cette perte, puisque ni les hommes baraqués ni les maldors n'avaient d'aura, les premiers parce qu'ils n'étaient pas doués de vie, les seconds parce qu'ils étaient furtifs.

Acculé au cordon des colosses irréels, Fuego toisa les cinq maldors et gronda:

— Si l'un de vous ose faire du mal à mes amis, il le regrettera!

— *Canis sine dentibus vehementius latrat*, un chien édenté aboie plus fort! se moqua

Phantamar… *Sed nunquam mordet*, cependant, il ne mord pas !

— Venez ici ! commanda l'Ombre Mauve au sieur Détorve et aux dames Angoisse et Unmachin. Commençons par attraper le rouquin ; nous nous occuperons des autres plus tard.

Spontanément, Fuego se tourna vers les êtres imaginaires et leur ordonna d'attaquer. Les douze figurants abandonnèrent aussitôt le grizzly et fondirent sur les maldors. L'un d'eux s'éleva vers le casier de pêche, deux vers le cactus, tandis que les autres se jetaient par groupes de trois sur le géant capé, le gladiateur masqué et le serpent ailé. Un pan de treillis métallique ne tarda pas à être arraché à la nasse pyramidale qui hurla. Le cactus prit peur. Il empoigna le panier cassé et s'enfuit avec lui par le plus proche passonge.

— *In insidias devenivimus !* lança Phantamar.

— Nous sommes effectivement tombés dans un piège, grommela l'Ombre. Partons.

Fuego éclata de rire. Le gladiateur se retourna vers lui.

— *Ride, si sapis.* Ris, si tu en as le goût. Mais rira bien qui rira le dernier !

Et il s'engouffra à la suite de l'autre géant et de Perfi Détorve dans la sortie. Aussitôt, les êtres imaginaires revinrent à leur première mission.

Tous les douze se ruèrent sur le grizzly, le plaquèrent au sol et l'immobilisèrent.

— Je… n'ai jamais vu… de figurants aussi puissants… haleta Ardor en essayant vainement d'échapper à leur étreinte.

Fuego accourut pour l'aider, mais Ardor lui ordonna d'aller se mettre à l'abri avec les autres. Cette injonction suffit à arrêter le garçon, qui ne partit pas pour autant. Il fixa plutôt les créatures et gémit :

— Laissez-le… Je vous en prie !

Les figurants s'arrêtèrent net et le considérèrent avec étonnement.

— Fuego, va-t'en ! commanda l'ours.

Mais Fuego l'ignora. Il venait de prendre conscience que les êtres imaginaires lui obéissaient.

— Partez ! leur commanda-t-il avec autorité.

Les créatures se dissipèrent aussitôt à une vitesse surprenante. Tout le quartier disparut un instant après et les acolytes se retrouvèrent dans une strate sans décor. Peccadille et ses passagers rejoignirent leurs deux amis.

— Est-ce que ça va ? s'enquit dame Bagatelle.

— Oui, grâce à Ardor, les figurants ne m'ont rien fait, répondit Fuego.

— C'est plutôt toi qui m'as protégé ! avoua le sieur Kerber avec incompréhension.

— Comment as-tu pu les faire obéir? demanda Aix.

Fuego haussa les épaules sans répondre. Les Oneiros n'en revenaient pas; jamais ils n'avaient vu le fruit de l'imagination d'un rêveur fléchir devant un intrus qui dérangeait le programme de son créateur.

— En tout cas, on peut dire que tu l'as échappé belle, dit encore l'éléone à Fuego; Phantamar et l'Ombre Mauve sont les plus puissants des cinq rebelles.

— C'est ce que j'avais cru comprendre. Et vous n'avez aucune idée de qui ça pourrait être?

— Eh non! répondit Ardor. Nous ne connaissons que les surnoms de ces deux maldors; nous ne savons donc même pas à qui nous avons affaire.

Il s'approcha tout près du garçon et lui chuchota:

— Mais je pense de plus en plus qu'il y a du sieur Nocturn là-dessous. J'en serais bien sûr très déçu. Pourtant, je dois avouer que je n'en serais pas surpris.

Le chien avait utilisé le ton de la confidence pour ne pas choquer Aix. Elle était déjà si triste que son grand-père figure parmi les suspects! Elle se fâchait chaque fois qu'on abordait le sujet. Mais elle l'avait entendu.

— Soucougnan n'est pas un maldor! explosa-t-elle. Je vous le prouverai!

— Nous le souhaitons autant que toi, damoiselle, dit Peccadille. Calme-toi, je t'en prie!

Edwin avait vu Fuego tressaillir devant l'emportement d'Aix. Il lui tapota l'épaule et lui souffla par le biais de son iniphone:

— Ne t'en fais pas; elle est parfois prompte, mais sa mauvaise humeur ne dure pas.

— Ce n'est pas ça… C'est ce nom…

Le Mexicain fixa l'albinos avec gravité et poursuivit dans un murmura grave.

— Il y a quelques années, mes parents s'étaient joints à un cirque ambulant. Parmi les gens du voyage se trouvait un groupe d'acrobates antillais, dont une trapéziste que j'aimais beaucoup. La pauvre était très laide et ses compatriotes l'appelaient Gadézafè. Elle détestait ce surnom; elle m'avait dit que ça signifiait sorcière en créole. Et elle avait une crainte maladive de la sorcellerie et des mauvais esprits. Elle me racontait des tas d'histoires de magie noire, de malins envoûteurs et de vilains sorciers. Sais-tu comment on dit sorcier, en créole?

— Et alors? l'interrompit Aix avec colère. Depuis quand la nature de quelqu'un devrait-elle nécessairement être le reflet de son nom ou *vice versa*? Il y a bien chez vous des Petit qui sont grands et des Blanche qui sont basanées. Papi n'est pas un maldor! Je refuse de le croire!

Heurtée et triste, elle se détourna.

— Soucougnan veut donc dire sorcier, souffla Edwin.

Ce n'était pas une question, mais une constatation. Fuego hocha la tête. Les quatre garçons se demandèrent si on pouvait, comme Aix le prétendait, séparer la personnalité d'un Oneiro de son nom. Ils pensèrent au grand-sagesonge. Carus signifiait cher en latin, dans le sens de *qui est aimé*, tandis que Philein voulait dire aimer en grec. Effectivement, le dirigeant chérissait tout le monde et tous lui rendaient son affection. Ils songèrent aussi à Chape Doëgne. Son prénom avait donné le mot chaperon, un terme qui, en plus d'avoir le sens de capuchon, était attribué à ceux à qui on confiait la garde des jeunes gens. Et son patronyme était un ancien mot désignant un accompagnateur. C'était tout à fait le rôle de l'ange. Les garçons ne purent s'empêcher de considérer Soucougnan Nocturn comme un sorcier ténébreux.

Ardor Kerber blagua pour tenter de détendre l'atmosphère.

— Ah! Allons! Mon propre nom provient des mots ardeur et cerbère. Or, la plupart des

Oneiros vous diront que je suis un mollasson qui n'a aucune fermeté. Et est-ce que j'ai l'air de *Kerberos*, le sévère chien à trois têtes, gardien des enfers chez les Grecs anciens? Ouah, ouah, ouah!

Nul ne fit écho à son rire; ce fut plutôt un frisson qui courut sur les épidermes.

— Je n'ai jamais vu personne dégager plus de chaleur, d'entrain et de vigueur que toi, fit remarquer Edwin avec une parfaite inconscience. De plus, tu veilles très bien sur nous, tu peux réfléchir comme trois et tu te montres intraitable avec les maldors.

C'était pourtant vrai! L'aiguilleur perdit son sourire et tressaillit à son tour, pendant que l'albinos réalisait sa gaffe et considérait Aix d'un œil désolé.

L'esprit d'Éolie était parti flotter en orbite. Les acolytes retournèrent au centre de Bulle-Neige. Ils jaillirent du grelot attaché sous la grosse tête d'un minuscule têtard et atterrirent au bord d'une mare couverte de nénuphars. La maman grenouille les accueillit en coassant. Comme ils quittaient la zone marécageuse pour entrer dans le parc, la dynamappe de Peccadille sonna. Éolie recommençait à rêver.

— Je vais aller lui parler seul, dit Edwin.

— Nous t'attendons ici, dit Aix. Bonne chance.

Tandis qu'il retournait vers la larve de batracien, les autres entrèrent dans le jardin botanique. Balthazar qui s'arrêtait chaque fois qu'il voyait une nouveauté ne tarda pas à se retrouver loin derrière. Après avoir examiné un arbre dont les fruits étaient des cumulus naissants, de petits nuages bossus de beau temps, il fut tout à coup étonné de trouver au bord du chemin un monticule presque aussi haut que lui. « Une termitière ! Je pourrais jurer qu'elle n'était pas là il y a dix secondes... Les insectes oniriques sont vraiment rapides ! » Il s'en approcha.

— Psit ! Hep ! Psst ! appela une voix qui provenait du nid de terre durcie.

Bou se pencha sur l'ouverture. Une très longue patte velue en sortit et l'entoura.

Edwin allait indiquer sa destination au têtard, quand Chape Doëgne émergea du grelot.

— Où vas-tu comme ça, damoiseau, sans escorte ?

— Je vais retrouver Éolie. Elle est si émotive qu'il vaut mieux que j'y aille seul.

« J'espère qu'elle réalisera que je suis sincère et honnête et qu'elle voudra bien m'accorder sa confiance, songea-t-il en soupirant. Ou au moins m'écouter. Ah! si seulement le parchecret était là, je pourrais savoir comment capter son attention, comme avec Fuego! » Il avait pensé ça avec tant d'intensité qu'il l'avait aussi transmis par télépathie à l'ange.

— En tant que gardien-aiguilleur de la jeune Somne, je peux t'aider; depuis le temps qu'elle fréquente la Zone, j'ai appris à connaître ses goûts et ses centres d'intérêt.

Edwin se rappela que le Secteur-Uni était responsable des rêveurs qui provenaient de tout le bandeau terrestre situé entre les quarante-cinquième et cinquantième parallèles de latitude nord. Ce qui incluait bien sûr Montréal, mais également Lyon. « Mon gardien est aussi celui d'Éolie! se réjouit-il. Il est donc bien placé pour connaître ses préférences. Quelle chance! »

— Je sais qu'elle se passionne pour les véhicules spatiaux, poursuivit l'ange.

— Euh… moi aussi, bien sûr; je ne connais pas beaucoup de gens qui ne soient pas fascinés par les navettes et la station spatiales, en fait. Mais je connais peu de choses en la matière et je ne vois pas trop comment aborder ce sujet avec elle.

— Moi, je sais comment t'en fournir le moyen.

L'ange demanda au têtard de relier sa breloque au sommet de la tour de chute qui s'élevait au-delà du parc de Bulle-Neige. L'instant d'après, son protégé et lui jaillirent de la trappe à courrier d'une boîte aux lettres et atterrirent sur la haute plateforme de verre qui entourait la tour transparente. Edwin se rappelait bien cet endroit. C'était là que, quatre nuits plus tôt, il avait intraféré sa sphériole. Ils étaient si haut qu'ils se trouvaient au niveau des étoiles ; autour d'eux flottaient une multitude de sphères irisées de toutes les tailles.

— Que dirais-tu d'une petite visite de la glume ? proposa l'ange.

Edwin leva la tête vers l'enveloppe gélatineuse qui séparait le noyau de la Zone de son orbite. Lors de sa première venue là, Peccadille s'était transformée en télescope et lui avait montré les dormeurs qui flottaient dans l'espace onirique, de l'autre côté de la glume, et qui s'enfonçaient dans la masse de gelée quand ils étaient prêts à rêver. « C'est possible d'entrer dans la glume autrement que pour sombrer dans un songe ou en émerger ! » L'idée l'enchanta un instant, mais il repensa à sa mission.

— J'aurais vraiment aimé, sieur Doëgne, mais je dois aller trouver Éolie dans sa strate.

— C'est bien où je compte t'emmener. Mais rien ne nous empêche de faire un petit détour.

— Chouette! Comment y allons-nous?

— Tu as déjà oublié de quoi nous parlions avant de monter?

Edwin écarquilla les yeux et s'exclama:

— Il y a des vaisseaux spatiaux dans la Zone?

— Oui. Ce sont les *bullonefs*. Seuls les gardiens et les sagesonges en ont une. C'est l'unique moyen que nous, les Oneiros, ayons pour pénétrer dans la glume. Si vos âmes y sont à l'aise comme des poissons dans l'eau, nous par contre ne pouvons pas y aller sous peine d'être désagrégés.

— Désagrégés? Quelle horreur! La glume est donc néfaste?

— Non, elle s'acquitte simplement de son rôle; hormis les rêveurs, elle ne laisse rien sortir de la Zone. Voilà pourquoi on a fabriqué la bullonef et pourquoi son emploi est réservé aux plus sages. J'appelle la mienne.

Quelques secondes plus tard, un engin arriva en flèche. Il s'immobilisa et demeura stationnaire à deux mètres au dessus de la plateforme. Edwin l'admira. La bullonef avait la forme aérodynamique d'une goutte d'eau qui tombe, mais à l'horizontale plutôt qu'à la verticale, elle était aussi longue qu'une limousine à six portières et, comme bien des constructions oniriques, elle était transparente.

— Alors, jeune Robi, tu viens ?

La voix du gardien provenait de l'intérieur du vaisseau. Cependant l'albinos ne le voyait pas. En fait, il ne voyait rien d'autre que les parois claires de l'appareil et les sphérioles qui flottaient au-delà. Il s'approcha. « Ce n'est qu'une coquille vide », se désola-t-il. Il arriva sous la bullonef. À sa grande stupeur, un trou s'ouvrit au-dessus de sa tête et une main se tendit vers lui. Il la prit et l'ange le hissa. L'ouverture se referma aussitôt sans laisser de trace de cet accès.

Une fois à l'intérieur, le garçon constata que la bullonef était loin d'être dégarnie, qu'au contraire, elle correspondait tout à fait à l'idée qu'il se faisait d'un astronef. À l'avant, le tableau de bord débordait d'instruments de toutes sortes et, à l'arrière, des sièges pivotants étaient disposés autour d'une table ovale. Chape Doëgne avait pris place dans le siège du pilote. Edwin s'assit à côté de lui. La tête comme une girouette, il regarda les étoiles oniriques qui flottaient un peu partout à fleur de glume. Il pouvait même voir le sol du noyau qui s'étalait loin sous ses pieds. Il reconnut le grand espace de verdure qui composait le parc de Bulle-Neige, mais il était trop haut pour distinguer ses amis. Il comprit que la bullonef était un verre polarisé ayant des caractéristiques particulières : ceux qui étaient à l'extérieur voyaient au travers comme si elle était vide, tandis que ceux qui se trouvaient à l'intérieur voyaient tout ce qu'il y avait dedans comme dehors.

Dirigé par la pensée du gardien, le vaisseau s'éleva et pénétra dans la glume. Le garçon eut l'impression qu'il faisait une expédition sous-marine en submersible. Dans cet immense océan de gélatine ondulaient d'étranges poissons colorés : des gens en pyjama. La bullonef avança lentement en serpentant pour les éviter. Un esprit endormi n'effectuait qu'un court séjour dans la glume. Dès son entrée, un aiguilleur s'occupait de l'expédier vers une strate pour qu'il y vive son rêve. Chaque dormeur flottait donc un bref moment, puis un tourbillon apparaissait sur son chemin, l'aspirait et disparaissait avec lui. Plongé à l'intérieur même de la glume, Edwin constata qu'il y avait autant de remous éphémères que de personnes. Il réalisa tout à coup qu'il était immergé et la panique le gagna. L'oppression lui noua la gorge et il s'écria :

— J'ai peur de l'eau !

— Respire vite par la bouche et calme-toi. Nous partons tout de suite.

Du même souffle, l'ange demanda dans le vide :

— Tu peux nous localiser, Kamal ?

Edwin comprit qu'il entrait en contact télépathique avec son premier assistant.

— Fais vite, ajouta le gardien. Envoie-nous un passonge vers la strate où rêve Éolie Somne.

Un petit tourbillon apparut devant la bullonef. Dès que le vaisseau l'effleura, il y fut absorbé.

☽✦☾

Aix, Fuego, Jandal, Peccadille et Ardor étaient réunis depuis un moment devant la statue de l'inventeur disparu. Les aiguilleurs achevaient le récit du grand bouleversement, dont l'explosion de puissance avait doté les portefaix de pouvoirs spéciaux. Edwin arriva avec Éolie Somne.

Son malaise l'avait quitté dès que le vaisseau avait émergé dans la strate de la jeune fille. Il avait alors pris conscience qu'il avait pu s'attarder un moment dans la glume avant que l'angoisse ne l'assaille. Il gagnait lentement du terrain sur son hydrophobie et il en éprouvait un vif sentiment de fierté.

Leur arrivée en bullonef avait produit l'effet désiré. Éolie, émerveillée par l'appareil, s'en était approchée sans peur. Elle avait été étonnée d'en voir descendre Edwin. Chape Doëgne était reparti aussi vite à bord de son vaisseau, sans s'être montré. L'adolescente avait pressé Edwin de lui raconter son expérience. Il s'était exécuté avec plaisir. De fil en aiguille, il avait ramené la conversation sur la mission des portefaix. Elle l'avait écouté attentivement. Enfin mise en confiance, elle avait consenti à le suivre et à rencontrer ses amis.

Tout heureux, Edwin annonça :

— Si nous n'exigeons pas qu'elle combatte sur le champ de bataille, Éolie accepte de nous aider !

Les autres accueillirent cette nouvelle par des applaudissements.

— Tu as bien d'autres qualités qui nous seront tout aussi utiles, dit Aix en serrant les mains de la nouvelle venue. Merci, Éolie.

Chacun à tour de rôle lui souhaita la bienvenue. Dans le but de gagner du temps et de procéder à un échange rapide d'informations, les acolytes prirent tous des larmes-scanâme et partagèrent l'eau d'une gourde avec elle. Du coup, elle découvrit leurs dernières pensées et eux les siennes.

— Tu es plus sceptique que moi, ma foi! lança Fuego à Éolie.

— Et tu es même plus pacifique que moi, lui dit Jandal.

— Mais vous êtes bien plus courageux que moi, murmura Éolie.

— Chacun a ses forces et ses faiblesses, dit Peccadille.

— Oui, nous sommes tous complémentaires, conclut Edwin.

— Bref, nous formons un grand tout, précisa Aix.

— Alors, un pour tous! s'exclama Ardor.

— Et tous pour un! crièrent les autres en chœur.

À cet instant, ils se prenaient vraiment pour une bande de mousquetaires solidaires.

— Il manque un garçon, s'avisa soudain Éolie.

— C'est vrai, où est Balthazar? s'étonna Edwin.

— Il flâne par là, répondit Aix en indiquant le sentier. Bou! Tu peux venir!

Balthazar était déjà loin. Un poulpe l'avait attiré dans la termitière qui se trouvait être un passonge et, plutôt que d'entrer dans un espace obscur et exigu, il avait émergé d'une girouette au bout du mât d'une goélette au milieu d'un océan baigné de soleil. Son ravisseur l'avait laissé tomber sur le pont arrière et Bou s'était retrouvé encerclé par un guerrier romain, un géant capé, un corsaire fantôme à tête de mort et aux longs ongles de titane, un moteur à hélices auquel il ne restait que deux des ses quatre pales et bien sûr une grande pieuvre à huit tentacules noirs et poilus à laquelle il manquait un de ses deux crochets mandibulaires.

— Si tu bondis de réveil, je détruirai ceci. Est-ce bien clair, jeune Canier? le menaça l'Ombre Mauve en agitant le parchecret aux énigmes solidifié sous son nez.

Bou hocha la tête. Le Romain lui tendit une petite bouteille et ordonna :

— Bois.

Balthazar serra les lèvres et secoua la tête.

— Allons, petit, dit l'Ombre avec une fausse gentillesse. Tu rêves; tu ne risques pas de t'intoxiquer. Bois tout, sinon…

Le géant capé leva la main qui tenait le parchemin et fit semblant de le lancer. Bou avala le contenu du flacon.

Balthazar sentit qu'on le remuait avec force. Il sursauta et ouvrit les yeux. Il était allongé sur le sol. Un squelette vêtu comme un pirate était penché sur lui et lui secouait les épaules. Bou se rappela la termitière, la pieuvre, le bateau, les maldors et le breuvage. Il avait perdu connaissance. Quelle sorte de poison lui avait-on fait boire? Il se sonda et fut surpris de constater qu'il n'était pas étourdi et qu'il n'avait mal nulle part. Au contraire, il ne s'était jamais senti aussi bien. Mais que faisait-il par terre?

— Relève-toi! ordonna Perfi Détorve.

D'un bond, le garçon fut sur ses pieds.

— Comment vous êtes-vous évadés de prisonge? fut-il surpris de s'entendre demander sur le ton de la bravade.

«Je ne ressens aucune peur, s'étonna-t-il. Je dirais même que je me sens puissant et sûr de moi... Que m'ont-ils fait?»

— Avec un passe-partout, bien sûr, se vanta l'activinertienne.

— Tais-toi, gronda le Romain.

Le mollusque consulta sa dynamappe et annonça:

— On le voit toujours.

— Disparais! commanda l'Ombre Mauve au garçon.

— Quoi?

— Souhaite passer incognito, s'impatienta Phantamar; deviens furtif. Allez, grouille!

Malgré sa mauvaise posture, une étonnante assurance habitait Bou. Plutôt que de céder à la panique, ce qu'il aurait dû faire en temps normal, il obéit avec sang-froid : il se concentra et aspira à passer inaperçu.

— Ça y est! On ne le voit plus! annonça Terribelle Angoisse.

— Bien, murmura l'Ombre Mauve. Ainsi, tes amis ne pourront pas te repérer.

— Il n'est ni dans la Zone ni en orbite, annonça Peccadille en refermant sa dyna-mappe.

— Il aurait déjà bondi de réveil? s'étonna Edwin.

— Il ne tardera pas à revenir, dit Ardor.

Les portefaix étaient enfin tous réunis. Aix, les garçons et les aiguilleurs auraient aimé partir à la recherche des maldors et du parchecret, mais Éolie était trop craintive. Ils se mirent donc à parler de choses et d'autres, dans le but de faire plus ample connaissance et de consolider la confiance de l'adolescente.

17

Séquestration

— Prends ça et déroule-le ! dit l'Ombre en tendant le cylindre glacé à Balthazar.

Dans la main du garçon, le parchecret se réchauffa et se ramollit pour redevenir un doux vélin que Bou déroula.

— Nous pouvons enfin accéder aux connaissances infinies ! dit Perfi Détorve.

— Parchemin, dis-nous quel est le but de ta présence auprès des portefaix, commanda l'Ombre.

Rien ne s'inscrivit. Le maldor demeura songeur un instant et dit :

— La légende raconte que toute chose issue des larmes non cristallisées ne peut servir qu'à son créateur ou à un de ses alliés. Voilà pourquoi le parchemin reste de glace devant nous. Jeune Canier, tu vas le questionner pour nous !

Il avait élevé la voix sur sa dernière phrase jusqu'à la faire tonner, menaçante.

— D… d'accord… bredouilla le garçon avec l'expression de la terreur inscrite sur son visage.

Mais, en fait, Balthazar n'était pas aussi effrayé qu'il le laissait paraître et le stress, plutôt que de le pétrifier, faisait s'activer ses méninges.

— Parchecret aux énigmes, dit-il, es-tu prêt à élucider mes questions ?

Il eût aussitôt l'idée d'ajouter par télépathie :

— Et me répondras-tu aussi si je t'interroge mentalement ?

Deux phrases s'inscrivirent sur le papier :

« *Je répondrai avec la meilleure orthographe à tes interrogations orales.*

Mon encre fera connaître ma pensée profonde en réponse à la tienne. »

« Il m'a perçu ! » se réjouit Bou.

— Il lui a répondu ! s'exclama la pieuvre. Ça fonctionne !

— Croyez-vous vraiment que ce bout de papier va pouvoir nous aider à nous débarrasser des portefaix ? s'enquit le moteur en pétaradant.

Les autres toisèrent sévèrement la machine. Trop tard, ce qui avait été dit avait été entendu et Bou connaissait maintenant leurs intentions. Il écarquilla les yeux. Phantamar ricana.

— Tu as bien compris, damoiseau. Nous allons exterminer les portefaix pendant qu'ils sont encore inexpérimentés. Et c'est la création même de ton ami qui va nous indiquer comment y parvenir.

— Et c'est toi qui vas agir comme intermédiaire, ajouta l'Ombre. Vas-y, pose-lui ma question !

Bou déglutit. S'il commettait la moindre erreur, tout serait fichu.

— Qu'attends-tu pour obéir ? tonna Phantamar en le piquant avec son glaive.

— Aïe… euh… parchecret, quel est le but de ta présence auprès des portefaix ?

« *Rinuér sel ed tiaté laitini tub nom.*

Rosse ruel erdnerp eriaf ruel ed tse leutca tub nom.

Ecnassiup-etuot al srev renem sel ed ares emitlu tub nom. »

— On dirait du latin ! dit Angoisse. Qu'est-ce que ça veut dire, Phantamar ?

— Ce n'est pas du latin. À mon avis, il s'agit plutôt d'une sorte de cryptogramme.

— Un cryptogramme ? s'énerva Perfi Détorve. Sans la clé du cryptage, on va devoir chercher longuement la signification du message !

Balthazar était un grand amateur de jeux de mots. Il ne tarda pas à comprendre qu'il suffisait de lire les lignes de droite à gauche, ce qui donnait :

« *Mon but initial était de les réunir.*

Mon but actuel est de leur faire prendre leur essor.

Mon but ultime sera de les mener vers la toute-puissance. »

L'Ombre Mauve eut un petit ricanement mauvais. Lui aussi avait trouvé la solution.

— Leur essor ? Peuh ! fit-il. Qu'ils restent au sol. La toute-puissance sera pour nous. Et elle se retournera contre eux !

Balthazar feignit d'éclater en sanglots et enfouit son visage dans le parchemin. Ce faisant, il lui demanda mentalement :

— Comment dois-tu mener les portefaix vers la toute-puissance ?

Il émit un bruyant coup de trompette en faisant semblant de se moucher dans le vélin. Sa tactique fonctionna : les maldors reculèrent avec une moue dégoûtée. Pendant ce temps, il lut la réponse : « *Les acolytes devront visiter des sœurs qui chacune leur présentera un indice capable de les mettre sur la voie.* »

— Je veux savoir comment atteindre la toute-puissance ! s'exclama l'Ombre Mauve.

La question que Bou redoutait venait d'être posée. Mais il demeura muet. Il ne se rebiffait pas contre les maldors, il n'était pas si inconscient que ça, mais il était trop absorbé par la composition de sa prochaine question.

— Jeune Canier, gronda l'Ombre, active-toi avant que je me fâche !

Balthazar déglutit, ce qui lui laissa encore deux secondes de répit, puis il adressa sa requête par bouts audibles parsemés d'autres segments imperceptibles.

— Parchecret, voici ma question. *Mais pour le bien de la mission des portefaix, je te demande de n'afficher qu'une infime portion de ta réponse*, ajouta-t-il mentalement. Voilà… j'aimerais que tu m'indiques… *mais très partiellement…* comment les portefaix pourront atteindre la toute-puissance. *Je t'en prie, sois sobre de mots, pour une fois !*

— Ferme tes yeux ! ordonna Phantamar en levant son glaive.

Bou abaissa les paupières. Il frissonna en sentant les créatures s'agglutiner autour de lui.

— Sept sœurs… vrombit le moteur à droite du garçon, qui tendit l'oreille.

— Tais-toi ! hurla Perfi Détorve de l'autre côté, si fort qu'il assourdit Ilya et Balthazar.

— Demande-lui quand aura lieu le rendez-vous, ordonna l'Ombre quelques minutes plus tard.

Bou rouvrit vite les yeux, mais il n'y avait plus rien à voir ; le parchecret s'était effacé.

— C'est que… je n'ai pas lu l'énigme. Je ne sais pas quoi demander…

Le géant grogna, mais il dut admettre que le garçon avait besoin de quelques précisions.

— Les acolytes doivent visiter des sœurs, lesquelles leur présenteront des indices qui les mettront sur la voie de la puissance. Je veux connaître l'heure exacte du premier rendez-vous… Et referme tes yeux !

Bou fut déçu ; cela ne lui apprenait rien de plus. « Il faut qu'ils arrivent en retard au rendez-vous ! » se dit-il. Les rebelles l'entendirent demander d'une voix traînante :

— Parchecret, je voudrais que tu m'indiques à quel moment précis aura lieu le rendez-vous des portefaix avec la sœur qui leur présentera le premier… euh… indice.

Au bout d'un moment de silence, Terribelle Angoisse s'exclama :

— J'ai saisi le sens de la devinette ! La réunion suprême aura lieu dans un tour d'horloge-fuseaux. Nous avons donc vingt-quatre heures pour décoder l'énigme des sœurs.

— Tais-toi, toi aussi ! s'écria Détorve.

— *Bonus locus, bonus momentum*, dit Phantamar. Nous serons au bon endroit au bon moment.

— Comment pourrons-nous être au bon endroit si nous ne demandons pas au parchemin où il faut aller? s'enquit Unmachin.

— Cette information se trouvait entre les lignes de l'énigme des sœurs, dit Détorve.

— Oui, annonça fièrement Angoisse. Celui qui parviendra à les identifier connaîtra du coup le lieu du premier rendez-vous, qui est l'endroit où l'aînée s'est établie.

Le pirate spectral braqua ses orbites vides sur la pieuvre, qui se tut. Il dit à Balthazar :

— Ça aurait été un plaisir de vous y retrouver tes amis et toi. Mais, puisque nous avons le parchemin, vous ne connaîtrez jamais l'énigme et ne pourrez donc pas identifier les sœurs.

— Quel dommage! se moqua le Romain. Il n'y a rien de plus fâcheux que de rater un important rendez-vous…

Les maldors s'esclaffèrent. Bou profita du fait qu'ils ne regardaient pas pour demander mentalement au parchecret :

— Où suis-je?

« *Tu es dans la couche correspondant à l'indicatif téléphonique régional de Montréal de l'ancienne juridiction du gardien renégat.* »

La réponse s'effaça presque aussitôt. Le garçon réfléchit : « Couche est synonyme de strate et le renégat est Perfi Détorve, du secteur Zénith. Merci, parchecret! J'espère que mon iniphone va fonctionner…» Bou se concentra sur ses amis et lança de toute sa puissance mentale:

— Au secours! Ici Balthazar! Les maldors m'ont capturé! Strate Z-514!

— Nous n'avons plus besoin de toi pour l'instant, dit Phantamar en dégainant son épée. Au besoin, nous attraperons les portefaix pour converser avec ce raseur de vélin à charades.

Bou avala de travers, non par peur d'être embroché, car sa nouvelle hardiesse lui faisait garder la tête froide et il savait qu'il bondirait de réveil sans douleur s'il lui devenait nécessaire d'échapper au danger. Mais il ne voulait pas abandonner le parchecret. «Je dois gagner du temps», se dit-il. Il sourit avec un air de défi et dit:

— Je préférerais être jeté aux requins plutôt que d'être souillé par ta lame impure.

Terribelle Angoisse se jeta à l'eau et se métamorphosa en grand squale blanc mangeur d'homme. Sa commère, dame Unmachin, se transforma en une longue table qui reposait sur seulement deux pattes et bondit sur le rebord du bateau pour surplomber la mer. Du bout de son épée, Phantamar obligea Bou à monter sur ce tremplin improvisé; il leva son arme comme s'il s'agissait d'un javelot. Balthazar recula jusqu'au bout du plongeoir.

Sous ses pieds, il entendit claquer les puissantes mâchoires. S'il restait là, il n'avait aucune chance d'éviter l'estoc de Phantamar, mais, s'il sautait, peut-être pourrait-il échapper aux crocs de dame Angoisse? Il s'apprêtait à plonger quand une voix cria dans le ciel:

— À l'abordage!

Maldors et prisonnier levèrent la tête. Une large voilure cuivrée planait au-dessus du mât. «Un deltaplane?» se demanda Bou. Aussitôt, il se rendit compte que non. L'objet n'était pas formé d'une seule voile triangulaire, mais de deux membranes alaires tendues par des doigts d'une longueur démesurée. Entre ces grandes ailes, un corps fuselé couvert d'écailles supportait une tête affreuse au long bec corné. «Un ptérodactyle!» reconnut Bou. Il remarqua le huit rose sur le côté du bec et se réjouit: «Mes amis m'ont entendu! Je suis sauvé!» Les autres acolytes jaillirent en effet l'un après l'autre de la girouette. Balthazar voulut les informer qu'il était en possession du parchecret aux énigmes, mais le faisceau d'un rayon-attractoir jaillit du tremplin et l'empêcha de transmettre la moindre pensée.

Plouf! Une haute vague inonda le voilier de la proue à la poupe. Peccadille, transformée en drakkar bariolé, s'était laissée tomber à côté de la goélette. D'une puissante poussée de ses rames de toutes les couleurs, le robuste navire à voile carrée panachée s'amarra bord à bord à l'embarcation des maldors. Aix et les garçons, vêtus comme des Vikings et armés non pas de sabres, mais de rayons-attractoirs, se balancèrent au bout des cordages pour envahir le bateau ennemi. Éolie, qui n'avait eu d'autre choix que de les accompagner, alla s'écraser dans le carré des officiers.

L'Ombre Mauve s'éleva dans les airs; Peccadille et Ardor tentèrent de le retenir. Une lumière orange sortit de la gueule de la figure de proue du drakkar qui représentait un dragon et une autre jaillit d'un des longs doigts qui tendait l'aile droite du ptérodactyle. Mais le maldor transforma sa cape violette en un solide bouclier sur lequel les rayons ricochèrent sans l'affecter. Tel un missile autopropulsé, l'Ombre se catapulta sur le ptérodactyle. Il cassa le long doigt qui soutenait son aile droite et son rapide frottement sur la membrane la brûla au passage. Blessé, déséquilibré, Ardor descendit en vrille et se posa non loin du carré des officiers. En voyant ses graves blessures, Éolie qui observait la scène par un hublot tourna de l'œil, tomba de la tour de chute la plus près et perdit inconscience.

Edwin et Fuego se retrouvèrent de part et d'autre de Perfi Détorve, tandis qu'Aix et

Jandal reprenaient leur élan pour atteindre Phantamar. L'Ombre Mauve fit demi-tour sans ralentir, fonça sur la coque du navire viking et le transperça sous les sabords. Trouée en bas de sa ligne de flottaison, Peccadille commença à se remplir d'eau. L'Ombre, qui n'avait rien perdu de sa force de frappe, fila vers les damoiseaux. Edwin allait tirer sur le pirate fantôme quand il dut se pencher pour éviter l'obus mauve. Le puissant déplacement d'air déséquilibra Fuego qui tourna son faisceau vers Jandal. Mais le Marocain esquiva le coup en sautant sur la bôme. L'Ombre contourna la poupe, revint par tribord et visa Aix qui arrivait derrière le gladiateur. Elle l'esquiva de justesse.

Perfi Détorve profita de la diversion, bondit à côté de Balthazar et lui reprit le parchemin. Dans sa main griffue, le vélin redevint cylindre de glace. Toujours juché sur l'espar auquel était attaché le bas de la grand-voile, Jandal s'élança. Il reprit le précieux rouleau au pirate fantôme, atterrit sur le tremplin entre Bou et Phantamar et le relança vers Edwin. Mais le Romain sauta pour l'intercepter. Le parche-cret percuta son torse couvert d'un plastron doré. Plutôt que de rebondir, il éclata en mille miettes, qui s'éparpillèrent sur le pont.

— Non! hurla Aix en se jetant à genoux devant les fragments.

Fuego se précipita pour l'aider à les ramasser. Souffrante, impuissante, Peccadille était témoin de tout ça sans pouvoir lever une rame pour aider ses amis. Si elle avait été un vrai navire, elle n'aurait pas résisté à ses dommages et aurait déjà sombré. Mais elle tenait bon pour les compagnons, et surtout pour Ardor qu'elle devait protéger. Elle ignora sa blessure et étira sa coque en l'incurvant pour remonter la trouée en dehors de l'eau, de façon à se maintenir à flot.

— Ça va, Ardor? demanda-t-elle par télépathie.

— Oui, ça va mieux. Encore une minute et je pourrai peut-être me relever. Toi, ça pourra aller?

Elle se sonda et répondit:

— Je me renfloue lentement.

— Jandal! réussit à crier Balthazar dans son iniphone.

Phantamar revenait à l'attaque. D'un coup de rayon-attractoir, Jandal le désarma.

— *Idiotæ! Sub pedibus vestris haud videtis*[1]... gronda le Romain.

À ces mots, le voilier s'évapora et tous ses passagers tombèrent à l'eau, sauf Phantamar qui avait prévu le coup et qui s'envola. Dame Unmachin et dame Angoisse coulèrent à pic,

----

1. « Idiots. Vous ne voyez pas sous vos pieds... » (latin)

le bois dur de l'une étant tombé sur la gueule dentée de l'autre. Le pirate squelette troqua ses deux bras armés de griffes d'acier pour une paire de pinces de crabe dentelées en fer, ses jambes pour une queue épineuse de langouste et sa mâchoire inférieure pour des mandibules de homard. Il claqua ses tenailles sous le nez d'Edwin, balança un coup de queue vers Fuego et referma ses pièces buccales sur le bout des cheveux d'Aix. Mais tous trois se défilèrent et s'éloignèrent à grandes brasses. Le sortilégeois se précipita, tout aise de s'adonner à la pêche aux damoiseaux. Ses serres allaient s'emparer de deux proies quand elles coulèrent soudain.

Un énorme poisson dont les yeux étaient fichés au bout de prolongements de chaque côté de sa tête avait happé le crustacé par l'abdomen et l'emportait vers le fond. C'était Ardor qui avait trouvé la force de se métamorphoser en gros requin marteau et de s'élancer à la poursuite du maldor, malgré sa nageoire sectionnée et son flanc écorché. Peccadille se concentra pour transformer l'extrémité aplatie de cinq de ses rames en filets et elle repêcha les jeunes gens.

Une puissante détonation retentit. Tel un missile air-mer, l'Ombre Mauve s'était laissé couler entre le drakkar et le requin marteau, puis il avait déchiré son enveloppe pour la ramener à l'état de cape. L'onde de choc frappa tout ce qui était autour. Dame Bagatelle, déjà affaiblie, tangua et faillit perdre ses prises, mais elle donna un coup de barre et parvint à retenir les damoiseaux à son bord. Les sieurs Kerber et Détorve, sonnés par la secousse, remontèrent vers la surface. Le premier, quasi inconscient, avait lâché le second qui, soudain sourd et consterné, se laissa dériver.

Phantamar et l'Ombre Mauve récupérèrent leurs complices et les entraînèrent vers la sortie.

Où s'était trouvée la girouette au bout du mât, il y avait maintenant une longue perche qui s'élevait au-dessus de l'eau, surmontée d'un voyant lumineux. Avant de plonger dans la balise, l'Ombre Mauve se retourna et lança à Balthazar :

— Nous saluerons les sœurs de votre part !

— Et si vous les rencontrez un jour, *carbonem pro thesauro invenietis* ! ajouta Phantamar. Vous ne trouverez que du charbon au lieu du trésor !

Dans la strate maintenant sans décor, Balthazar et les portefaix s'étaient rassemblés autour des deux aiguilleurs blessés. Redevenus respectivement ballon crevé et chien mutilé, Peccadille sifflait et Ardor haletait. Leurs plaies avaient commencé à cicatriser, mais ils souffraient beaucoup.

— Ne pouvons-nous donc rien faire? s'inquiéta Edwin.

— Il faut attendre que l'énergie des sphérioles fasse son effet, s'attrista Aix. Ils recouvreront leurs forces d'ici quelques heures.

— Quelques heures? s'exclama Bou. Mais nous ne pouvons pas attendre quelques heures!

— Partez, murmura Ardor, nous irons vous rejoindre.

— Allez, ne vous occupez pas de nous, souffla Peccadille.

— Il n'est pas question que nous vous abandonnions! répliqua Fuego.

— Mais… riposta Bou, c'est qu'il y a urgence…

Edwin, Fuego et Aix lui décochèrent un regard qui le fit taire.

Jandal s'agenouilla en silence devant les blessés. Il prit une profonde inspiration et imposa une main sur le dessus du ballon et sur la tête du chien. La douleur les quitta aussitôt. Si Edwin et Bou avaient toujours eu leurs auranocles, ils auraient vu l'argenté de l'aura de Jandal se mêler aux émanations multicolores des aiguilleurs. Mais ils ne virent que la patte du chien se redresser et le ballon se regonfler.

— Comment as-tu accompli ce miracle? demanda Aix, émerveillée.

— J'ai souhaité de tout cœur qu'ils soient guéris, répondit Jandal.

— Bravo! lança Bou. Maintenant, écoutez-moi, c'est très important!

Il raconta sa séquestration et transmit toutes les informations qu'il possédait à ses amis. Désireuse de vérifier un point, Peccadille extirpa sa dynamappe et la questionna mentalement.

— Je ne sais pas ce qu'ils t'ont donné à boire, dit-elle au garçon, mais tu n'apparais toujours pas sur mon instrument.

— Ils m'ont ordonné de souhaiter devenir furtif.

Il se demanda s'il pouvait renverser la vapeur. Il se concentra et aspira à se révéler. Aussitôt son image s'afficha sur l'écran de la dynamappe.

— Que t'ont-ils fait? demanda Aix, inquiète.

— Je l'ignore. Mais, rassure-toi, je me sens très bien.

18
Dispersion

Les acolytes étaient de retour à Zoneira, la capitale. Réunis sous un pavillon en bordure de l'esplanade, ils ne pouvaient pas détacher leur regard dépité des pépites de verre récupérées par Aix et Fuego. Bou avait fait en sorte que les maldors n'accèdent pas intégralement à la longue énigme du parchecret et qu'ils ne connaissent que l'heure du rendez-vous des portefaix avec la sœur qui devait leur présenter, non pas le premier, mais le dernier indice. Mais, sans le parchemin, les acolytes n'avaient aucun moyen d'apprendre qui étaient ces sept sœurs et ils n'arriveraient donc jamais au rendez-vous. Aix rageait intérieurement. Elle n'en voulait pas à Balthazar, elle n'aurait pas fait mieux que lui si elle avait été enlevée à sa place. Mais elle était en furie contre les maldors qui avaient détruit le vélin.

— Je vous amène de la grande visite nouvellement sphériolée, dit une voix chaude et douce.

Les acolytes se retournèrent. Chape Doëgne et Éolie Somne se tenaient entre la rotonde et une bullonef qui flottait au-dessus du sol. La jeune fille s'émerveilla en découvrant l'esplanade où grouillait une foule d'Oneiros aux allures si variées, la tour du conseil transparente qui s'élevait plus loin et le paysage époustouflant qui s'ouvrait à l'infini. Son regard se porta sur les acolytes et elle sourit en constatant qu'ils allaient tous bien.

— Je vous laisse discuter entre vous, dit l'ange.

— Merci beaucoup pour l'étoile et la balade, sieur Doëgne, dit Éolie.

Ils regardèrent le vaisseau s'envoler, Éolie et Edwin en agitant la main, les autres avec des yeux brillants de désir. Les Oneiros avaient rarement eu l'occasion de faire un tour de bullonef et les autres garçons n'étaient bien sûr jamais montés à bord d'un engin spatial.

— Qu'est-ce que c'est? demanda Éolie en indiquant les fragments éparpillés sur la table.

— C'était le parchecret aux énigmes, murmura Aix en fermant les yeux pour retenir ses larmes.

Un silence gêné se prolongea. Soudain, Éolie demanda à nouveau :

— Mais que fait-il ?

Aix ouvrit les yeux. Les fragments de verre fondaient et les gouttes roulaient pour se rassembler. Elles formèrent une flaque rectangulaire qui se solidifia et qui se transforma en une fine pellicule.

— Le parchecret est revenu ! s'écria Edwin.

Balthazar s'empressa de le ramasser et il s'exclama :

— Si tu savais comme nous sommes heureux de te revoir !

« *Le bonheur des uns fera le malheur des autres.* »

— Je l'espère bien ! Dis, en ce qui concerne les sept sœurs, as-tu donné seulement une réponse partielle aux maldors, comme je te l'avais demandé ?

« *Les désirs d'un maître sont des ordres.* »

— Chouette ! Je suis curieux de connaître l'heure réelle de notre rendez-vous avec celle qui devra nous remettre, non pas le dernier, mais le premier indice !

« *Quand on chantera complies chez toi,*
L'heure du rendez-vous sonnera
Et chez l'aînée des sept sœurs se présentera l'indice,
Qui attendra les portefaix et leurs acolytes. »

— *Complies?* répéta Jandal.

— On voit que tu n'as jamais récité ton bréviaire, toi! rigola Fuego. Les complies sont la dernière partie de l'office, donc le soir à vingt et une heures.

— Le parchecret a fait croire aux maldors que le rendez-vous aurait lieu après tout un tour d'horloge-fuseaux, soit presque à la fin de la nuit prochaine, dit Bou. Ils arriveront donc bien en retard!

— C'est fort! s'exclama Aix. Bravo, Balthazar!

Le garçon fit apparaître une paire de bretelles pour soutenir son pantalon, qu'il étira et fit claquer sur sa poitrine en signe de fierté. Soucieux d'équité, il n'en rajouta pas moins:

— Bravo surtout au parchecret rusé!

Edwin s'adressa à son tour à l'objet magique.

— Nous sommes tous réunis. Dis-nous ce que nous devons faire.

« *Tout débutant a l'expérience du novice,*

Les apprentis ont la compétence de leur courte pratique.

Et le meilleur soldat court à sa perte s'il va à sa première campagne

En maniant ses armes à la bonne franquette.

Jeunes recrues, vous êtes aussi mûres pour engager le combat

Que les bourgeons qui naissent au printemps.

Mais on vous mettra sur la voie de la toute-puissance

Au soir venu, qui succèdera à celui-ci.

Néanmoins, vous pouvez dès maintenant entamer votre mission

Et délivrer les opprimés du limon qui les embourbe. »

— Que devons-nous faire? Sois plus clair! s'impatienta Aix.

« *L'œuf, ou la poule?* »

— Quoi? s'étonna Balthazar.

« *Qui veut se débarrasser du venin doit-il supprimer les serpents ou détruire leurs œufs?* »

— Tu dis que nous ne sommes pas mûrs pour le combat, mais tu veux que nous exterminions les maldors? s'enquit Aix, perplexe.

« *Les rats sont les vecteurs, la peste est le fléau.*

Il faut d'abord trouver un remède contre la peste avant qu'elle ne fasse d'autres victimes,

Et c'est seulement ensuite qu'on pourra chercher comment se débarrasser des rats.

L'œuf, ou la poule? »

— L'œuf ou la poule… répéta Éolie, songeuse. Cette expression s'emploie pour parler de causes qui s'enchaînent quand on ne sait pas comment ni où ça a commencé. Il faut trouver de quel enchaînement il est question…

— Le parchecret parle sûrement de la relation de causalité entre les maldors et le fléau qu'ils ont engendré, soit les cauchemars, suggéra Edwin. Il nous indique de nous attaquer d'abord aux mauvais rêves; il soutient que nous pourrons nous occuper des maldors par la suite.

— Les maldors stimulent la peur, et donc les cauchemars, répliqua Jandal. Cependant, eux ne sont pas touchés par les mauvais rêves. Ils ne font pas partie de l'enchaînement de circonstances.

— Faux! Ils en tirent profit en récoltant l'essence de terreur, dit Aix.

— Quel casse-tête! murmura Fuego.

— Récapitulons, dit Bou. Chaque nuit, des tas de gens traversent des porches-brume enduits d'essence de terreur, de sorte qu'ils arrivent dans la Zone stressés et qu'ils se retrouvent dans des cauchemars effrayants. Ils se réveillent angoissés et se couchent avec la crainte de cauchemarder à nouveau. Leur inquiétude les fait replonger dans des mauvais rêves et le cycle recommence.

— Je ne suis pas tout à fait d'accord, répliqua Aix. Ceux qui reviennent en passant par un porche-brume pur replongent dans un mauvais rêve vraiment libérateur; ils se réveillent sereins et non angoissés. Ce ne sont pas eux qui poursuivent le cycle, mais d'autres dormeurs qui empruntent d'autres accès contaminés et deviennent de nouvelles victimes. Voici ce qui constitue le cercle vicieux dans lequel nous sommes pris. Où se trouve son commencement?

— Dans les porches-brume, c'est évident! s'exclama Edwin. Voilà la source! Si nous neutralisons l'essence de terreur qui les souille, nous mettrons fin à la spirale de mauvais rêves!

— Il faut donc débarrasser les porches-brume du *limon qui les embourbe*! dit Fuego en reprenant les mots de l'énigme.

— Cornes de gazelle! Comment pouvons-nous faire ça? demanda Jandal au parchemin.

« *Je connais le passé, j'ignore l'avenir.*

Je cumule l'expérience, mais vous détenez l'intelligence.

Je ne peux que relater, tandis que vous savez réfléchir.

Vous devrez dorénavant vous débrouiller sans mes énigmes.

Pour moi arrive le temps du silence. »

— Tu n'as pas le droit de te défiler! gronda Aix en reprenant le parchemin et en le secouant. Et qu'est-ce que c'est que cette façon de t'exprimer avec de l'encre pâle? Tu fais la grève, espèce de bavard paresseux?

« *Toute chose a une vie utile limitée.* »

Aix avait certainement mal compris. Il devait y avoir un sens caché à ces derniers mots!

— Tu es né de la mare aux larmes ; tu n'as donc pas de fin ! N'est-ce pas ?

« *Hélas ! j'ai commandé mon autodestruction et j'arrive au bout de ma sève, de mon encre, de mon être, de mon éloquence.* »

Edwin fut horrifié.

— Pourquoi veux-tu te détruire ?

La réponse s'afficha après un temps d'hésitation, en mots grisâtres et embrouillés, néanmoins lisibles :

« *Ma présence devenait trop dangereuse.*

Tant que je serai là, l'ennemi vous pourchassera. »

— Les maldors nous pourchasseront même si tu n'es plus là ! répliqua Bou.

« *Je ne peux plus reculer.*

Larmes j'étais, larmes je redeviendrai. »

— Mais tu pourras te reformer comme tu l'as fait après l'attaque des maldors, dit Fuego.

D'une encre très pâle, le parchemin savant répondit :

« *Je n'étais pas brisé. Ce… n'était qu'une duperie.*

Cette destruction-ci est… réelle.

Mais… pas tristes… page de ma vie… bien remplie.

Maintenant… vite !

… surface… usée, langue… fatiguée, idées… épuisées. »

Ces mots, si ternes qu'ils se découpaient à peine sur la transparence du parchemin, frappèrent les acolytes de stupeur et déchirèrent leur cœur. Après un lourd moment de silence, Peccadille dit :

— Secouez-vous, mes amis ! Il faut profiter de ses dernières gouttes avant qu'il ne s'assèche. C'est ce qu'il souhaite, et non que vous vous laissiez abattre !

— Oh ! Parchecret, gémit Aix, mais qui va nous aider si tu n'es plus là ?

Le résultat, plein de blancs, fut incompréhensible :

« ... *ar... ac... ac... i... ma* ».

— Attends ! lança Bou. Tu ne nous a pas dévoilé l'énigme des sept sœurs !

« *Tro... lon... peu... pa... D... main... ac... ac... i... ma.* »

Le parchemin s'efforçait de répondre, mais son encre était si livide que les acolytes peinaient à le déchiffrer. La précieuse source de savoir se tarissait et elle se tairait sous peu à jamais.

— Les larmes du lac Lacrima vont nous aider et tu veux que nous y allions demain. Est-ce bien ça ? demanda soudain Edwin.

« ... *i* »

— Oui. D'accord. C'est compris.

Le parchemin s'enroula brusquement et s'assécha pour devenir un cylindre de verre tout craquelé qui tomba en poussière dans les mains d'Aix. L'éléone sanglota :

— Oh, parchècret, je te prie de me pardonner mes vilains emportements ! Je te remercie pour tout ce que tu as fait pour nous. Merci pour ta patience, merci pour tes connaissances. Tu vas tellement nous manquer !

— Regarde, murmura Éolie. Il t'a entendue et il t'a répondu.

Sur le petit monticule de sable au creux des mains d'Aix s'étaient creusés deux symboles typographiques : « ;) ». Aix écarquilla ses yeux pleins de larmes et s'étonna :

— Point-virgule et parenthèse fermante… Qu'est-ce que ça signifie ?

— C'est un pictogramme qu'il faut regarder en penchant la tête à gauche, dit Bou. Ça représente un clin d'œil jumelé à un sourire. Le parchecret t'indique ainsi qu'il n'a aucune rancune et qu'il a apprécié ta compagnie.

Comme il terminait sa phrase, les infimes grains clairs s'écoulèrent entre les doigts d'Aix. Mais, plutôt que de tomber par terre, ils s'envolèrent vers le ciel.

— Le parchemin retourne au lac Lacrima, murmura Ardor.

— Nous le suivons ? demanda Bou.

— Non, dit Edwin. Nous devons honorer sa mémoire et remplir la mission qu'il nous a confiée.

— Décontaminer les porches-brume… murmura Jandal. Comment allons-nous faire ?

Edwin sortit sa dynamappe et la questionna par télépathie. Puis, les yeux pétillants, il annonça :

— J'ai une idée. Suivez-moi.

Ignorant les questions de ses compagnons, il tourna le sélecteur du parcmètre arrêt-passonge et entraîna toute la bande sans laisser à personne le temps de voir leur destination.

Les portefaix et leurs acolytes arrivèrent au centre d'une vallée entourée de hauts monticules scintillants. Les Oneiros, qui reconnurent aussitôt l'endroit, s'inquiétèrent.

— Tu n'aurais pas dû nous amener ici, Edwin, critiqua Aix ; l'accès à ce site est réservé aux initiés et strictement interdit aux visiteurs !

— Je sais, mais j'ai pris l'initiative de désobéir aux règles, vu que la situation l'exigeait.

Les autres portefaix admirèrent les étincelantes éminences qui les encerclaient. Ce n'était pas des collines, mais des monceaux de particules claires.

— Comme c'est beau, murmura Jandal.

— On dirait une mine de sel gemme à ciel ouvert, dit Fuego.

— Ou des tas de diamants, s'émerveilla Éolie.

— C'est presque ça, indiqua Ardor ; c'est ici qu'on conserve les larmes cristallisées du lac Lacrima.

— Chaque fragment est une larme solidifiée ? s'étonna Balthazar. Mais il y en a une myriade !

— En effet, dit Peccadille. Elles seront ensuite fondues et moulées pour devenir des constructions oniriques, des véhicules ou d'autres précieux instruments.

— Quel est ton plan ? demanda Aix à Edwin.

Le garçon devait son idée à Jandal, qui avait parlé de corne de gazelle. Malgré la gravité de la situation, l'image de ce gâteau à la forme de croissant s'était imposée à son esprit et il n'avait pas pu s'empêcher de songer aux beignets poudrés de sucre que lui cuisinait sa grand-mère. Les beignets givrés lui avaient fourni la solution.

— Si nous projetons des cristaux de larmes sur un porche-brume, ils adhéreront à sa surface maculée d'essence de terreur et la recouvriront. En nous ravitaillant aux amoncellements qui datent d'avant l'épidémie de cauchemars, nous serons assurés d'avoir un mélange composé d'émotions diverses, aussi bien heureuses que tristes. Nous en répandrons en si grande quantité que finalement elles s'annuleront toutes. Comme la couche neutre sera plus épaisse que l'enduit de peur, les accès retrouveront leur neutralité.

— Et le moral des dormeurs ne sera plus affecté à leur entrée dans la Zone ! conclut Bou. Génial ! J'aurais dû y penser.

— Je veux bien me ranger de ton avis, Edwin, mais comment allons-nous faire ça ? demanda Aix.

— De la même façon que les maldors s'y sont pris pour épandre leur sinistre substance sur les accès : nous allons pulvériser la poussière de larmes à partir d'une bullonef. Je suis sûr que Chape Doëgne ne refusera pas de nous emmener en orbite.

Balthazar fronça les sourcils.

— Si les maldors qui vivent constamment dans la Zone peuvent asperger dix pour cent des spirales brumeuses chaque nuit, nous qui ne dormons que huit heures en moyenne aurons besoin de trois fois plus de temps qu'eux pour neutraliser leurs interventions malveillantes.

Nous accumulerons constamment des retards sur eux. En plus, n'oubliez pas que le parche-cret nous a recommandé chaudement d'aller au lac Lacrima dès notre retour demain.

Ils devinrent graves et songeurs. Mais Éolie brisa rapidement le silence.

— Pourquoi ne pas demander l'aide de tous les gardiens et des sagesonges ? Avec une tren-taine de bullonefs plutôt qu'une seule, nous aurons terminé bien avant la fin de la nuit !

Le cœur d'Aix se serra en songeant à son grand-père qui était de loin le meilleur pilote, mais qui ne serait pas de la partie. Elle s'efforça néanmoins de sourire :

— C'est une excellente idée, Éolie !

☾✳☽

Une rencontre extraordinaire fut vite orga-nisée. Tous, portefaix, acolytes, gardiens et sagesonges unirent leurs idées pour conce-voir des canons pulvérisateurs de cristaux de larmes. Edwin et Bou impressionnèrent tout le monde avec leurs ingénieuses idées et vingt-six bullonefs ne tardèrent pas à être armées. Chaque vaisseau devait s'occuper des porches-brume d'un secteur et comptait trois membres d'équipage, le pilote et deux artilleurs. Seul Mili Taris, le minotaure à la tête du Secteur-Kaki, resterait dans le noyau pour superviser les activités régulières.

Les autres gardiens avaient choisi leurs meilleurs aiguilleurs pour les seconder. Ardor Kerber et Peccadille Bagatelle accompagnaient bien entendu leurs chefs respectifs, Silika Philein et Nada Vidal. Les damoiseaux assistaient quant à eux les sagesonges. Éolie Somne et Aix Nocturn s'embarquèrent avec Carus Philein, Edwin Robi et Fuego Sueño avec Gentille Mambonne, Jandal Nawm et Balthazar Canier avec Lavisée Sévira.

— Comment allons-nous savoir lesquels des porches-brume sont sains et lesquels sont souillés? demanda Edwin.

— La meilleure chose est d'aller voir sur place, répondit la grosse tortue de mer.

L'horloge sonna le départ. Les appareils qui formaient un cercle autour de la tour du conseil décollèrent et s'élevèrent vers la glume. La foule réunie sur l'esplanade les acclama. Ils traversèrent l'épaisse enveloppe gélatineuse en contournant les dormeurs sur le point de rêver. Arrivés en orbite, chacun fila vers l'accès le plus près.

— Tu vas voir comme les spirales brumeuses sont belles! dit Edwin à Fuego.

Dans les vaisseaux des sagesonges, les damoiseaux étaient collés aux parois vitrées.

Ils avaient hâte d'atteindre l'espace onirique et de voir apparaître les porches-brume. Mais, quand ils purent les voir, le spectacle qui se présenta à leurs yeux s'avéra tout autre que ce à quoi ils s'attendaient.

— Quelle horreur ! s'écria Aix.

— Ce n'était pas ainsi que je me les imaginais… s'étonna Jandal.

— Tu as ta réponse, souffla dame Mambonne à Edwin.

Les porches-brume contaminés avaient tant changé qu'il était facile de les distinguer des autres.

— Gong ! Comment ces sauvages ont-ils osé faire ça ? tonna l'horloge.

— Hum… fit le grand-sagesonge. Il y a là un avantage, cependant. Nous n'aurons aucun mal à identifier nos cibles et à mesurer notre progression…

Fuego avait déjà vu une côte polluée par le naufrage d'un pétrolier et il avait eu le cœur brisé devant la nature dévastée, les poissons morts et les oiseaux englués dans la marée noire. Il trouva ce spectacle tout aussi désolant. Les nébuleuses enduites d'essence de terreur n'avaient plus rien en commun avec les galaxies spirales du cosmos, elles avaient perdu leur blancheur, leur luminosité et leur mouvement. Même s'ils n'avaient jamais vu de trou noir, les damoiseaux furent persuadés que ces objets cosmiques ressemblaient à ça: des amas si denses et si sombres qu'ils étaient immobiles et n'émettaient plus aucun rayonnement.

— Dong! Feu à volonté! clama Lavisée Sévira.

Tous les canons étaient déjà garnis de cristaux de larmes et chaque bullonef pointait un accès souillé. Les artilleurs tirèrent leurs salves. Les fines particules claires enrobèrent les nuages obscurs et, telles des enzymes digestives, accélérèrent la dissolution de la mauvaise humeur, l'assimilèrent et l'anéantirent. Les noyaux de brume retrouvèrent leur pureté et leur éclat et les longs bras vaporeux qui les entouraient recommencèrent à tournoyer lentement.

Une clameur de victoire fit vibrer l'espace onirique. Les opérations se poursuivirent en boucle: chargement, visée, tir.

Trois heures plus tard, après plusieurs allers et retours entre le dépôt de larmes cristallisées et l'orbite, tous les porches-brume pollués avaient été décontaminés. Le cœur léger, les gardiens-aiguilleurs regagnèrent leurs secteurs pour s'occuper des âmes troublées par les derniers relents de peur. Chape Doëgne, les sagesonges, les portefaix et leurs acolytes se réunirent dans la salle du conseil, sauf Éolie qui, revigorée par sa première grande action, avait bondi de réveil.

— Vous avez fait de l'excellent travail, mes petits, dit le sieur Philein.

— Bong! Le parchecret aux énigmes aurait été fier de vous!

— Il est fier de vous, dit la tortue. Car si sa forme n'est plus, son fond subsiste.

Tous levèrent les yeux et admirèrent le ciel sphériolé.

— Le calme est enfin revenu, dit Jandal.

— Presque... rétorqua Aix.

— Ne joue donc pas les trouble-fêtes, la sermonna doucement Balthazar.

— Tu as raison. Je m'excuse! Même si les maldors continuent de plonger des gens dans le cauchemar, c'est bien peu comparé au nombre de victimes que faisaient les porches-brume contaminés.

— Je suis vraiment fier de vous tous, dit l'ange. Vous formez une superbe équipe!

— Ouah! jappa Ardor. Oui, d'ici peu nous serons en mesure de vaincre l'ennemi.

— Pas d'ici peu, répliqua Fuego. Nous allons les prendre en chasse dès demain!

— Chaque chose en son temps, dit Pecca-dille. Pour l'instant, profitons du moment présent.

— Oui, souffla Edwin. Goûtons la paix qui règne à nouveau dans l'espace onirique.

PRINCIPAUX PERSONNAGES

Æth : Sphériole intraférée par Edwin Robi.
Aix Nocturn : Éléone adolescente de treize ans, qui guide Edwin dans la Zone onirique.
Ardor Kerber : Végimal dont l'apparence est celle d'un chien roux, qui escorte Edwin dans la Zone onirique.
Azur Cyan : Éléon figurant un danseur de ballet, qui est le gardien de Bulle-Turquoise.

Balthazar Canier : Aussi appelé Bou et Boucanier-le-Pirate ; virtuose de l'informatique, meilleur ami d'Edwin.
Bou : Surnom de Balthazar Canier.
Boucanier-le-Pirate : Surnom de Balthazar Canier.

Carus Philein : Grand-sagesonge, Oneiro dont l'apparence est celle d'un vieil homme translucide.
Cécile Robi : Grand-mère d'Edwin, administratrice d'une firme de génie-conseil.
Chape Doëgne : Oneiro ayant l'apparence d'un ange, gardien-aiguilleur de Bulle-Unie.

Edwin Robi : Jeune garçon qui maîtrise
le déroulement de ses songes et en choisit le
contenu.

Éolie Somne : Jeune fille paisible et peureuse
qui fait partie du groupe des portefaix.

Fuego Sueño : Adolescent enjoué et aventu-
reux qui fait partie du groupe des portefaix.

Gentille Mambonne : Oneira végimale dont
l'apparence est celle d'une tortue de mer ;
elle est l'une des vice-sagesonges.

Ilya Unmachin : Activinertienne qui incarne
divers objets.

Jandal Nawm : Adolescent flegmatique
et puissant qui fait partie du groupe des
portefaix.

Lavisée Sévira : Oneira activinertienne
dont l'apparence est celle d'une horloge
de parquet ; elle est l'une des vice-
sagesonges.

Ombre Mauve : Maldor éléon dont
l'apparence est celle d'un géant, qui se
dissimule sous une cape violette.

Peccadille Bagatelle : Activinertienne dont l'apparence est celle d'un ballon de plage, qui escorte Edwin dans la Zone onirique.

Perfi Détorve : Sortilégeois dont l'apparence est celle d'un vampire, gardien-aiguilleur de Bulle-Zénith

Phantamar : Maldor éléon dont l'apparence est celle d'un empereur romain, et qui récite des citations latines

Soucougnan Nocturn : Éléon ayant l'apparence d'un géant, généralement vêtu de vêtements amples de couleur violette.

Terribelle Angoisse : Végimale qui incarne divers végétaux et animaux.

GLOSSAIRE

Acteur, actrice: Oneiro qui joue un rôle dans le rêve d'un dormeur.

Activinertien, activinertienne: Être onirique qui peut se transformer en objet.

Aiguilleur: Oneiro qui dirige les rêveurs vers les strates où ils vont vivre leurs songes.

Arrêt-passonge: Passonge aux destinations multiples, relié aux endroits les plus fréquentés.

Aura: Halo qui émane des individus, différent selon leur dynastie et leur humeur.

Auranocles: Instrument qui permet aux rêveurs de voir l'aura des êtres, qu'il s'agisse de l'esprit des rêveurs ou des Oneiros.

Bulle-Unie: Nom de l'observatoire du gardien-aiguilleur responsable d'Edwin.

Bullonef: Vaisseau utilisé par les Oneiros pour aller dans la glume et en orbite.

Cachoneiro: Cachot où on enferme les Oneiros coupables dans la Zone onirique.

Cul-de-strate: Passonge sans issue, aussi appelé impassonge.

Doyen-aiguilleur: Oneiro, supérieur des gardiens-aiguilleurs.

Dynamappe: Carte dynamique permettant de localiser les personnes qui rêvent et les passonges.

Edbalium: Nom donné par Balthazar à la matière inconnue qui compose le gobeur.

Éléon, éléone: Être onirique translucide qui peut se transformer en humain.

Extraférer: Extraire ce qu'on avait préalablement enfoui dans son cœur.

Figurant, figurante: Personnage créé par l'imagination du rêveur, qui n'est pas incarné par un acteur et dont les agissements sont imprévisibles et parfois dangereux (aussi appelé être imaginaire).

Gardien-aiguilleur: Oneiro, chef de secteur qui dirige des milliers d'aiguilleurs.

Glume: Enveloppe gélatineuse qui isole le noyau de l'orbite de la Zone onirique.

Gobeur: Cube de cristal doré qu'utilisent les maldors pour annihiler l'effet des étoiles oniriques.

Grand-sagesonge: Oneiro, premier dirigeant de la Zone onirique.

Horloge-fuseaux: Globe terrestre indiquant l'heure ainsi que les zones de jour et de nuit sur terre.

Impassonge: Passonge sans issue, aussi appelé cul-de-strate.
Iniphone: Appareil qui permet aux rêveurs de communiquer par télépathie.
Intraférer: Enfouir quelque chose dans son cœur.

Lac Lacrima: Aussi appelé mare aux larmes; bassin qui recueille les larmes des dormeurs.
Larmes-scanâme: Potion qui permet de lire les pensées d'autrui en buvant à la même source.

Maldor: Oneiro rebelle qui terrorise les rêveurs dans le but de les chasser de la Zone onirique.
Mare aux larmes: Aussi appelé lac Lacrima; bassin qui recueille les larmes des dormeurs.
Montre-fuseaux: Horloge-fuseaux miniature.
Musette de tréfonds-trucs: Sachet qui peut contenir tout ce qu'on y insère sans grossir ni s'alourdir

Noyau: Cœur de la Zone onirique, où habitent les Oneiros.

Observatoire : Tour de verre en forme de champignon où travaillent les aiguilleurs.

Oneiro, Oneira : Habitant de la Zone onirique.

Orbite : Cosmos onirique où flotte l'esprit des dormeurs qui ne sont pas en train de rêver.

Oublirêve : Oubliette dans laquelle on enferme les Oneiros coupables dans la Zone onirique.

Parchecret : Parchemin savant qui répond aux questions par des devinettes.

Passonge : Passage qui relie instantanément deux endroits de la Zone onirique.

Porche-brume : Spirale nébuleuse qui sert d'accès à la Zone onirique et d'issue vers la réalité.

Portefaix : Individu né lors d'une explosion de puissance et qui porte le pouvoir onirique.

Prisonge : Prison dans la Zone onirique.

Rayon-attractoir : Instrument qui sert à paralyser et à attirer les gens et les êtres oniriques.

Sagesonge : Oneiro membre du conseil d'administration de la Zone onirique et, par le fait même, dirigeant de la Zone onirique.

Secteur-Neige : Zone détruite par l'explosion de puissance qui a présidé à la naissance des portefaix.

Sortilégeois, sortilégeoise: Être onirique qui peut se transformer en créature fantastique.

Sphère de puissance: Étoile de la Zone onirique qui a l'apparence d'une bulle de savon, aussi appelée sphériole.

Sphériole: Étoile de la Zone onirique qui a l'apparence d'une bulle de savon, aussi appelée sphère de puissance.

Strate: Scène où un rêveur vit son songe, aménagée par son esprit.

Tour de chute: Très haute tour de verre polarisé unique qui relie la glume au noyau

Végimal, végimale: Être onirique qui peut se transformer en végétal ou en animal.

Vice-sagesonge: Oneira, collaboratrice du grand-sagesonge.

Zone onirique: Pays des rêves où se retrouve l'esprit des humains endormis.

Zoneira: Capitale et ville la plus importante de la Zone onirique.

TABLE DES MATIÈRES

LA ZONE

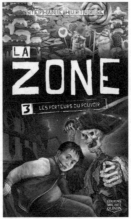

100%

Ce livre a été imprimé sur du papier contenant 100 %
de fibres recyclées postconsommation, certifié Écolo-Logo
et Procédé sans chlore et fabriqué à partir d'énergie biogaz.